## 일러두기

1. 청소년을 대상으로, 일제 강점기 시대 대표적인 여성 작가 강경애의 소설 중 첫 장편 소설을 가려 뽑았다.
2. 원문을 살리되, 이미 사라진 말이나 오늘날 쓰지 않는 말은 현대어에 맞게 풀어 썼다.
3. 대화체는 별행으로 처리했으며, 대화체에 나오는 속어·방언·구어체는 그대로 살렸다.
4. 근거를 찾을 수 없는 어휘나 의성어·의태어는 문맥을 통해 이해할 수 있다면 그대로 살렸다.
5. 의미에 혼동을 주는 글귀는 의미를 살리되 새로 풀어 썼고, 오탈자는 바로잡았다.
6. 설명이 필요한 단어에는 별도로 각주를 달았다.
7. 맞춤법과 띄어쓰기는 한글 맞춤법과 표준어 규정을 따랐다.

어머니와 딸

# 어머니와 딸

1판 1쇄  2019년 4월 8일

지은이 강경애

펴낸이 모계영   펴낸곳 가치창조
출판등록 제406-2012-000041호
주소 서울특별시 영등포구 영신로220, 1101호 (영등포동8가, KnK디지털타워)
전화 070-7733-3227   팩스 02-303-2375
이메일 shwimbook@hanmail.net
ISBN 978-89-6301-171-4 (43810)

가치창조 공식 블로그 http://blog.naver.com/gachi2012
단비청소년은 가치창조 출판그룹의 청소년 책 전문 브랜드입니다.

# 어머니와 딸

강경애 지음

단비청소년

# | 차례 |

# 번민

　　　　　　부엌 뒷대문을 활짝 열고 나오는 옥의
얼굴은 푸석푸석하니 부었다. 그는 사면으로 기웃기웃하여 호미
를 찾아 들고 울바자 뒤로 돌아가며 땅을 뒤적거린 후, 박·호
박·강냉이씨를 심는다. 그리고 가볍게 밟는다.

　눈동이 따끈따끈하자 콧잔등에 땀이 송골송골 맺힌다. 누군가
옆구리를 톡톡 친다. 휘끈 돌아보니 복술이가 꼬리를 치며 그에
게 달려든다. 까만 눈을 껌벅이면서……. 옥은 호미를 던지고,
"복술이 왔니!"

　복술이의 잔등을 쓰다듬었다. 그리고 멍하니 뒷산을 올려다보
았다. 마주 눈에 띄는 이끼 돋은 바위틈에는 파래진 이름 모를
풀포기가 따뜻한 볕과 맑은 바람결에 흔들리고 있다. 그 옆으로
돌아가며 봄맞이 아이들의 손에 다 꺾인 나뭇가지에는 노랑 꽃,

빨강 꽃이 송이송이 피었다.

나비 한 마리가 펄펄 날아든다. 그는 가볍게 한숨을 쉬며 높았다 낮아지는 나비를 따라 시선으로 달음질쳤다. 눈 깜빡일 사이에 나비는 벌써 산비탈을 넘어 까뭇거린다. 그의 눈이 스르르 감기며 볼에 눈물의 흔적이 보인다.

"무엇 하셔요?"

사립문 밖에서 건넛집 아기 어머니가 자루 같은 젖을 흔들며 발발 기어 달아나는 아기를 잡아 안고 일어선다. 옥은 빙긋 웃으며,

"호박씨 심으러 나왔어요."

그가 손톱 밑에 낀 흙을 파내고 보니 아기 어머니는 어디로 가 버리었다. 그가 방문턱에 비스듬히 걸터앉아 두 다리를 내려다볼 때 저편 산 너머로 작은 새소리가 그의 가슴을 한두 번 두드리고 잠잠하여진다. 순간 떠오른 것은 엊저녁에 받은 남편의 편지다. 한숨을 길게 내쉬며 '그가 그렇다니……. 인골(人骨)을 쓰고야 차마…… 그렇게…… 할 수가 있나! 어머님이 오죽이나 잘 아시고 하신 말씀이랴! 믿지 마라! 남자를 믿지 마!' 하고 몇 번씩 되뇌고 난 그는 눈에 눈물이 그득해졌다.

'어머님, 나는 이 일을 어찌해야 좋아요?' 향하여 정면에 걸린 약간 미소를 띤 남편의 사진을 올려다보았다. 언제나 틈만 있으면 이렇게 하는 것이었다. 따라서 일어나는 그의 과거. 시어머니

생전에 남편과 천진스럽게 놀던 꼴, 그리고 시어머니의 임종 시까지도.

'봉준이 잘 길러라. 둘이서 싸우지 말고 잘 살아야 한다, 옥아!'

어린 옥은 곤한 잠에 들기 전까지 입 속으로 외우건마는…… 사정없이 잡아뗀 남편의 지독한 편지. 이것이 자기의 정성이 부족함일까 혹은 남편이 철없음일까를 탓하기 전에 먼저 돌아가신 시어머니에 대하여 죄스러웠다. 어쨌든 싸움이었던 것이다.

시어머니는 옥에게 무슨 말이든지 부탁할 때마다 옥의 두 손을 꼭 잡고 들여다보며,

"옥아, 너는 내 딸이지? 내 말 잘 듣지?"

이렇게 묻고 나서야 뒷말을 계속하는 것이었다.

옥은 펄썩 주저앉는다. 방바닥은 산뜻한 맛이 있다. 뒤를 이어 보름달같이 선연한 시어머니의 그 눈, 코, 입모습, 부지런하기로는 어디 댈 데 없는 손발, 어느 것 하나 빠지지 않고 꼬리에 꼬리를 물고 떠오르는 것이었다.

책상 앞으로 다가앉아 그는 책을 펼쳐 들었다 놓았다. 연필을 쥐고 무엇을 쓰다가 종이를 북북 뜯어 두 손으로 꾸깃꾸깃하여 뒷문 밖으로 내쳤다. 말쑥하니 치워 놓은 책상을 다시 들어내어 먼지를 떤다.

이렇게 뒤질 때 남편이 어려서 읽던 뚜껑 없는 책 몇 권이 나

왔다. 책장 떨어진 것, 연필로 죽죽 내리그은 것, 먹 점이 뚝뚝 박힌 것들이다. 뒤따라 남편의 두둑한 손이 보였다. 언제나 흙장난하는 탓으로 손거스러미는 항상 일고 있었다.

어린 남편은 학교서 돌아오면 문턱에서 책보를 방 안으로 팽개치고 선길로 나가는 것이었다. 옥은 뒤로 따라서며,

"어디 가?"

하면 그는 휘끈 돌아보고 두말없이 나가거나 혹간,

"저기."

하고는 도망질치는 것이었다. 옥은 저녁을 퍼 놓고 기다리다 못해 사립문까지 나가서 머리를 배움하고 오가는 사람들을 남몰래 살펴보았다.

어둑어둑할 때 남편은 사립문으로 뛰어들자,

"오마이!"

하고 냅다 소리치고는 팍 고꾸라지는 것이었다. 가뜩이나 요리조리 궁리하던 옥은 이 소리에 가슴이 찌르르 저리며 시어머니가 죽게 보고 싶었다. 자기네들을 남기고 먼저 간 시어머니가 원망스러웠다. 그러나 꾹 참고 남편을 껴안고 방으로 들어가며,

"왜 그래!"

하니 남편은 한층 더 느껴 울며 옥의 무릎에 탁 실린다.

"누가 때려?"

"장손이가 여기를 때리지……."

남편이 볼을 가리켰다. 옥은 바투 들여다보고 어루만지며,

"정 나쁜 놈! 울지 마오. 후일 내 보면 대신 때려 주고 욕해 줄 테니까. 어서 밥 먹자오, 응?"

이렇게 말하여 겨우 울음을 그치게 한 그는 상 앞에 마주 앉아 밥을 물에 말아 주고 반찬의 가시를 발라내며 남편의 불룩이는 두 볼을 바라볼 때 대견한 끝에 두 줄기 눈물이 앞을 캄캄케 하는 것이었다.

이러한 과거를 돌아볼 때 그나마 옛날이 다시 오지 못할 행복한 날이었음에 가슴이 뻐근하여졌다. 따라서 어머니를 잃은 자기네들의 외로운 신세가 눈앞에 선하니 보인다.

볼이 능금빛으로 타오르고 골치가 지끈지끈 아프기 시작하였다. 그는 횃대에 걸린 수건으로 힘껏 머리를 동인 후, 책상에 푹 엎드렸다가 벌떡 일어나 위아랫목을 왔다 갔다 하며 장래를 어림하여 보았다.

남편은 언제든 자기를 버리고 어떤 말쑥한 여학생과 함께 살 때가 있을 것 같았다. '그러면 나는 어쩔까? 이혼을 해 주어야 옳을까? 이대로 견뎌 배겨야 할까?' 그는 한참이나 바람벽을 노려보다가 입술을 꼭 다물고 '망설이는 것부터가 벌써 어머님의 유언을 잊은 것이다! 견디자! 어머님의 둘도 없는 아들이 아니냐? 그

리고 나의 남편인 것이다!' 하고 부르짖으며 책상 서랍을 열었다.

그는 봉투에서 편지를 꺼내어 몇 번이고 되읽어 본 후 가슴에 꼭 갖다 대었다. 그리고 조심성스레 남편의 사진을 들여다보았다. 밖에서 신발 소리가 났다. 그는 손 재게 편지를 서랍 속에 밀어 넣고 얼른 일어났다.

앞문이 열리자 영철 선생이 들어선다.

"어디 아픈가!"

옥은 그제야 머리에 동인 수건을 슬그머니 벗어서 뒤로 감추며,

"아뇨. 언제 오셨나요?"

"지금 오는 길일세. 어디 아픈 것 같은데……?"

선생이 자세히 들여다보며 묻는다.

"아니야요."

"그새 동경서 편지 왔겠지?"

"네, 어제 왔습니다."

"음, 잘 있다던가?"

"네."

"다른 말 없어?"

옥은 머리를 숙였다. 갑자기 뭐라고 대답해야 좋을지 몰랐다.

"왜? 무어랬던가?"

"저…… 아니요."

그의 입은 굳게 다물렸다. 그리고 흰 목덜미에 새파란 힘줄이 불끈 솟는 것이었다. 선생은 그의 입술을 바라보며 무거운 침묵 속에서 그의 속을 어림하여 보았을 때 가엾음보다도 감복함이 앞서는 것이었다.

"공부에 재미 많지? 어디 얼마나 배웠나 보세."

선생은 이렇게 화제를 돌려서 그의 긴장된 마음을 풀어 주려 하였다. 그는 책보를 당겨서 풀어 놓았다. 선생은 다가앉아 그가 가리키는 페이지를 들여다보았다.

"그새 많이 배웠군."

선생은 빙긋이 웃어 보였다.

"열심으로 공부나 하고 모든 괴로움은 하느님께 바치게나. 세상 사람치고 근심 없는 사람이 어디 있는 줄 아나? 원체 괴로운 세상이니까. 먼저 깨닫고 달게 받아야 하네."

옥은 잠잠히 옷고름만 만지작거렸다.

"이번 공부시키러 가서 자네 어머님 뵈었지."

"네? 어머니!"

"요새는 영업도 그만두시고 무던한 영감님 얻으셔서 평안히 계시는 모양이야. 장차로는 교회로 들어오겠다고 하시데? 어머님 위하여 많은 기도 올리게."

"한번 오시겠다는 말씀 없어요?"

"오시겠다대."

시계가 네 시를 땅땅 친다. 선생은 시계를 바라보며 모자를 들고 일어섰다.

"쓸데없는 생각하지 말고 열심으로 공부하게. 그러고 자조자조 기도해. 내일 예배당에 꼭 갈 거지?"

하고 옥을 똑바로 쳐다보았다. 옥은 발부리를 굽어보며,

"네."

선생은 댓돌로 내려서다 저편 구석에 석유 초롱이 반만큼 있는 것이 눈에 띄었다.

"무엇 떨어진 것 없나?"

"아뇨."

선생은 햇빛을 안고 집 모퉁이로 돌아갔다.

옥은 앞이 허전해지며 머리를 갈래갈래 풀어 헤친 어머니의 환영이 떠오르는 것이었다. 어릴 때부터 지금까지 친정어머니에 대한 인상이란 남자들의 무릎과 무릎 사이를 옮아 다니며 갖은 아양을 다 부리다가도 그들의 발길에 툭툭 채어 질질 울고 다니는 꼴이었다.

그러나 오늘 생각나는 어머니가 -그의 과거를 짐작해 볼 때 한 번도 보지 못한 아버지란 사나이가 어딘지 모르게 그리우면서도 안타깝게 미웠다- 타락한 원인은 아버지의 소위(所爲)인 것을 깊

이깊이 깨닫게 되었다.

그는 사립문 안으로 들어서자 맨땅에 펄썩 주저앉았으며,

"어머니! 당신도 깨끗한 처녀였겠지요, 아부지를 만나기 전에
는……. 아, 얼마나 쓰림을 당하셨기에 곱고 고운 어머니의 그
깨끗한 마음이 흐리어졌습니까? 이제야 비로소 어머니의 쓰라렸
던 가슴을 알겠습니다. 괴로움을 잊기 위하여 술을 마시고 울었
던 것 아닙니까! 오, 그 쓰림이 나에게도 왔습니다! 왔습니다."

그는 일어났다. 해는 산밭을 타고 뉘엿뉘엿 넘어가고, 멀리 들
리는 버들피리 소리는 차츰차츰 가늘어진다.

# 추억

지루하나마 옥의 친정어머니 이야기부터 시작하자. 옥의 어머니는 송화읍에서 은율목으로 빠지는 막바지에 사는 김창문의 맏딸이었다. 아버지가 부지런한 탓에 조밥이나마 배불리 먹고 갈나무라도 미루어 가면서 뜨뜻이 땠다.

금년 열일곱에 접어든 창문의 딸은 동네의 자랑거리였다. 바느질 잘하고 얌전하다는 것, 더구나 우선우선* 웃는 듯한 그의 얼굴은 동네의 인기를 끌고도 남는 것이었다. 그러므로 누구나 그를 대할 때마다 '예쁜이'라고 불러서, 그의 이름은 예쁜이로 되어 버리고 말았다.

*[북한어] 1. 목소리나 표정 따위가 좀스럽지 않고 탁 트여 시원스러운 모양.
　　　　　 2. 얼굴에 어두운 기색이 없이 밝고 활기가 있는 모양.

아침만 되면 그의 부모는 네 살 된 세인을 맡기고 들로 나간다. 예쁜이는 집에 남아 물 길어 밥 짓기, 진흙투성이 옷 빨고 바느질하기였다.

동무들은 김매기에 뽑혀 다니었건만, 그는 텃밭을 매는 것 외에 벌김이라고는 매어 보지 못하였다. 그만큼 그의 부모가 그를 아끼었던 것이다.

어느 날 저녁때 그는 세인을 데리고 물을 길러 갔다. 앞으로 빨빨 달아나는 세인을 보고,

"아가, 세인아."

하고 불렀다. 세인은 말똥말똥 누나를 쳐다보며 달아난다.

"놀며 가자우. 넘어져, 웅?"

몇 걸음 천천히 걷던 세인은 금세 달음질쳤다. 예쁜이는 따라가서 세인을 붙잡고 흘겨보며,

"넘어진대도?"

세인은 몸을 빼치려고 어깨를 흔들며,

"고기고기나!"

하고 조그만 손을 쏙 내밀었다.

"뭐?"

손길을 통하여 바라다보니 샛노란 망망꽃이 풀포기에 숨어 반만큼 배웃하고 있다.

"꺾어 주랴?"

"응."

그는 가만가만히 풀숲을 헤치고 꽃을 꺾어다 주었다. 세인의 얼굴은 한층 더 동그래 보였다. 파란 풀포기에 숨어 흐르는 흰 물줄기는 빙 둘러싸인 차돌 틈으로 졸졸거리고 있었다.

예쁜이는 그림자를 물에 던지며 바가지를 들이밀었다. 퐁, 소리가 나자 눈달치*들이 하나씩 나타나기 시작한다. 동이에 물을 채우고 나서 예쁜이는 한 모금 마신 후 돌아보며,

"물 안 먹어?"

하고 바가지를 들어 뵈었다. 세인은 그에게로 다가서며,

"감구감구."

한다.

예쁜이는 휘끈 돌아보다가 번개같이 웬 사람과 시선이 마주쳤다. 그는 머리를 폭 숙이고 얼른 동이를 이었다.

"어서 가!"

겨우 한마디를 입 속으로 중얼거리고 세인의 손을 잡아끌었다.

저편 사나이로부터,

"아기, 싱아 줄까?"

*'치어'의 방언.

18

세인은 예쁜이에게로 칵 매달려 망망꽃을 내던지고 울먹울먹 하였다. 옥은 두 귀밑이 빨개지며 세인의 손을 휙 뿌리치고 잦은 걸음으로 달아났다. 세인은,

"으아!"

하고 소리치며 두 발을 동동 굴렸다.

　이 꼴을 본 사나이는 이편으로 달려와서 세인의 손에 싱아를 들려 주었다.

"아가, 울지 마라."

　세인은 싱아를 내치고 예쁜이를 따라 허방지방 내딛다가 팍 고꾸라졌다. 사나이는 그 뒤로 가서 세인을 부둥켜안고 예쁜이네 집 사립문까지 왔다.

"아가, 잘 들어가라. 또 넘어지지 말고, 응?"

　세인은 눈물을 좌우로 씻더니 봉당 대문 사이로 갸웃이 내다보고는 안으로 쏙 들어가 버렸다. 사나이는 돌아서서 머리를 푹 숙이고 천천히 걸음을 옮기었다.

　부엌에 숨었던 예쁜이는 세인을 꽉 쓸어안고 문 사이로 사나이의 뒷맵시를 바라보았다. 커다란 사나이는 산비탈을 넘어서자 힐끗 돌아보는 것이었다.

　그 후로 세인은 밖에만 나갔다 오면 싱앗단이나 과자 봉지를 들고 달려 들어오며,

"이거 봐, 사탕이야. 씨, 너 안 줘."

하고 빙빙 돌아가며 과자 봉지를 들었다 놓았다 하였다.

예쁜이는 눈을 둥그렇게 뜨고,

"웬 거냐? 누가 사 주디?"

세인은 밖을 흘끔흘끔 돌아보며,

"감구, 감구가 사 줘."

예쁜이는 문밖을 내다보며 어디 숨어서 엿보지나 않나 하는 생각이 들 때, 전신이 오싹해지며 눈앞에 전날 본 사나이의 눈매가 무섭게 떠오르는 것이었다. 그는 가는 소리로,

"세인아, 얻어먹으면 거렁뱅이 되어서 못쓴다. 후댐에 또 사 주거든 '우리 집에 사탕 많아요.' 하고 받지 마라, 응? 그러면 내가 아부지더러 하얀 돈 많이 달라고 해서 사탕 이만큼 사 주마, 응?"

하고는 두 팔을 벌려 뵈었다. 세인은 들은 체도 안 하고 사탕만 들여다보는 것이었다. 그는 세인을 꼭 잡고 들여다보며,

"아가, 남한테 사탕 받아먹으면 곱다 저고리 해서 너 안 줘."

세인은 사탕을 입에 넣고 예쁜이를 쳐다보았다.

"후일에 감구가 사 주면, 받아 가지고 올 테냐? 후일에는 안 그럴 거지, 응? 대답해."

세인은 두리번두리번하며 덮어놓고,

"응."

하였다. 예쁜이는 세인을 꼭 껴안으며,

"우리 세인이 용치, 정말 용해."

하고 세인의 볼과 제 볼을 마주 델 때 달콤한 냄새가 구미를 스르르 돌게 하였다.

예쁜이네 집 문 앞을 감도는 사나이는 송화읍서 한 등 너머 사는 최용문의 일꾼으로 있는 둘째였다. 그가 예쁜이를 먼빛으로 보기는 벌써 여러 번이었으나 이렇게 마주 당해 보기는 이번이 처음이었던 것이다.

그 후로 그는 일하다 말고 중턱에도 나뭇짐을 걸머지고 뻔질나게 읍으로 가는 수가 잦았다. 그리하여 지고 간 나뭇짐을 되는대로 팔아 버리고 예쁜이네 집 주위를 몇 바퀴든지 돌아서 세인이라도 만나 보고 나면 한결 마음이 나았다.

둘째는 어젯밤 비에 와짝 달라진 조밭머리에 앉아 호미를 놀렸다. 침묵 속에 몇 이랑을 매고 난 그는 긴 한숨을 후, 내쉰 끝에 김매기를 내쳤다. 굽이쳐 올라가는 멜로디는 스러져 가는 듯 꺼져 가는 듯 삼아삼아하였다. 곁에 동무는,

"좋다!"

하며 제 엉덩이를 툭툭 치고 벙글벙글 웃었다. 소리가 끝나자,

"웬일인가? 자네도 소리할 줄 알아?"

하고 두리번두리번 쳐다보았다. 그는 픽 웃어 보이고 잠잠하였다.

"한 마디 또 하게."

밭머리에서는 왁자지껄하였다.

"어서 들어들 가세!"

이편을 향하여 한 사람이 고함친다. 곁에 앉았던 동무가 일어섰다.

"가세."

"먼저 가게나."

동무는 꾸역꾸역 그들의 뒤를 따랐다.

둘째는 매던 이랑을 마치고 나서 밭머리로 나왔다. 이 밭 저 밭에서 꾸역꾸역 사람들이 몰려나왔다. 그는 사람들의 지껄이는 소리가 귀찮아서 맨 꽁무니에 붙어 산비탈 지름길로 들어섰다.

딱 막아선 다방솔 포기 옆에 붙어 앉아 그는 담배를 피워 물었다. 그리고 정신없이 읍등새만 바라보았다. 뒤에서 잦은 발소리가 차츰차츰 가까워졌다. 그가 무심코 힐끗 돌아보니 새하얀 손수건을 귀밑까지 폭 눌러쓴 색시가 노란 바구니를 옆에 끼고 이편을 향하여 오다가 인기척을 느끼고 피하여 가만가만 저편으로 가는 것이었다.

둘째는 차차로 둥그레지는 눈으로 멀어져 가는 색시의 뒷맵시를 살피는 순간 '예쁜이다!' 하고 속으로 부르짖고 벌떡 일어났다. 가슴은 점점 술렁이기 시작하였다.

한참이나 멍하니 바라보던 그는 최후의 용기를 내어 색시의 뒤를 따르기 시작하였다. 열 눈이 자기 한 몸으로만 쏠린 듯하여, 뒷등이 오싹오싹하며 이마에 식은땀이 흐르는 것이었다.

　이를 눈치챈 색시는 두 팔을 허우적거리며 재게 걸었다. 등 뒤로 발소리가 가까워짐을 알자 그는 바구니까지 내치고 달아난다. 일삼아 다듬어 가며 뜯어 넣은 풋나물이 길가에 좍 헤지고 바구니는 데굴데굴 구르기 시작했다.

　둘째는 구르는 바구니를 붙잡고 헤진 나물을 주섬주섬 주웠다. 솔밭 사이로 들어가던 색시가 뒤를 돌아보자 수건이 벗겨지며 삼단 같은 머리채가 어깨 위로 미끄러져 빨간 댕기가 나풀거렸다. 둘째는 색시와 눈이 마주치자 머리를 푹 숙일 때,

　"아이고, 오마이!"

하고 색시가 털썩 주저앉았다.

　침묵은 계속되었다. 둘째는 겨우 눈을 돌려 고개를 폭 숙인 그의 얼굴을 옆으로 자세히 보니 틀림없는 예쁜이다. 꿈에 그리던 예쁜이를 꿈밖에도, 생각지 않은 곳에서 이렇게 만났으나 무엇이라고 말해야 할지 감감하였다.

　빽빽이 들어선 소나무 새로 그윽한 송진 냄새와 함께 새 속잎의 짙은 풋 냄새가 그들의 코를 스칠 뿐이었다. 둘째는 예쁜이가 숨도 크게 못 쉬고 바들바들 떠는 것을 내려다보고는 가엾다는

생각이 들었다. 그리하여 그만 갈까 하고 발길을 돌리려 하였으나 그 자리에 발이 딱 붙어 떨어지지 않았다. 자기로서도 생각지 못한 어떤 큰 힘의 지배를 받고 있었던 것이다.

"어떻게 할까?"

가는바람만 불어와도 사람인 듯, 이상한 소나무라도 눈에 띄면 사람이 숨었는가? 하였다. 이리하여 온 신경이 긴장되었을 때, 까치 한 마리가 그들을 굽어보며 깍깍하였다.

그는 얼결에 바구니를 예쁜이 앞으로 놓았다.

"예쁜아! 너 집에 가고 싶지?"

떨리는 목소리다. 힘들여 말해 놓고 보니 그가 생각한 바가 아니라 딴청을 끌어내었다. '한마디라도 물어보고 보내야 할 텐데 어떻게 하나?' 이렇게 속으로 궁리하면서도 역시 같은 말을 뇌는 데 지나지 않았다.

"예쁜아, 어서 가라."

누가 이런 말을 시켜 주는지 안타까웠다. 둘째는 있는 힘을 다하여 옆으로 비켜섰다.

예쁜이는 죽나 보다 하고 두 눈을 꼭 감고 엎드렸다가 '가라'는 둘째의 말이 귀에 어렴풋이 들리자 공포와 의문이 전신을 억눌렀다. 그는 한층 더 떨었다.

이 꼴을 본 둘째는 슬금슬금 뒤로 물러나서 노송나무 뒤로 숨

어 버렸다. 그제야 예쁜이는 겨우 일어나 바구니를 들고 달음질
쳤다.

"예쁜아, 나를 잊지 마라!"

그의 전신은 화끈함을 느끼자 앞이 캄캄해졌다. 그는 소나무를
꼭 쓸어안고,

"예쁜아, 예쁜아!"

하며 주먹으로 눈물을 씻고 바라다보니 한길 가 나뭇가지 사이
로 숨바꼭질하는 예쁜이의 댕기꼬리가 햇빛을 받아 피같이 붉어
뵈었다.


어젯밤 늦게까지 순희네 벼마당질을 마치고 오늘부터는 예쁜
이네 차례였다. 창살이 푸릇푸릇하자 예쁜 아버지는 부스럭부스
럭 일어났다.

"여보게, 일어나 밥하게."

그는 아내를 깨우고 밖으로 나갔다. 예쁜 어머니는 예쁜이를
깨워 가지고 부엌으로 나와 등에 불을 켜 놓고 아궁이에 불을 피
우며 한편으로 해팥을 일어 안쳤다.

예쁜이는 아궁이 앞에 앉아 활활 타오르는 불꽃을 들여다볼 때
두 무릎이 따끈따끈해지며 졸음이 포로로 왔다. 눈이 감길수록
밖에서 웅성거리는 소리는 선히 들려왔다. 어머니는 쌀을 안치

며 일렀다.

"불 때려마!"

깜짝 놀라 깬 예쁜이는 나무를 끌어다 아궁이에 넣고 벼 태질 소리에 머리가 뒤숭숭하여졌다. 어느덧 밥이 우구구 끓어오르자 예쁜이는 불을 약하게 하고 일어나서 소매를 척척 걷고 설거지를 하며 한편으로 상을 놓았다.

어머니는 등불을 훅 끄고 널문을 활짝 열어 놓았다. 차츰 새어 오는 회색빛 하늘에서는 별들이 까뭇거렸다. 어머니는 예쁜이가 주는 주걱을 받아 들고 그릇을 포개 담은 양푼을 부뚜막에 내려놓은 후 솥깨*를 열었다. 모락모락 피어오르는 훈훈한 김이 그의 볼을 스치고 올라간다.

"진지들 잡수시오."

뒤이어 예쁜 아버지는,

"밥들 먹고 하지!"

그들은 우중우중 사립문에 들어서 방 안으로 들어앉았다.

"상 들여라."

아버지는 방문턱에 비켜서서 딸이 가져오는 상을 받아 차례로 그들 앞에 갖다 놓았다.

*깨 : '뚜껑'의 방언.

예쁜이는 통통걸음을 치며 잔심부름을 다 하고 숭늉까지 퍼 들인 후, 뒷대문 옆에 가만히 붙어 서서 안방에서 흘러나오는 소리를 분간하여 들으며 읍등새 좌우로 총총 들어선 솔밭을 바라보았다.

언제나 눈결에라도 이 솔밭이 보이게 되면 지난 일이 번개같이 머릿속에 떠오르는 것이었다. 무섭고도 어딘가 모르게 귀염성스러운 둘째가 항상 솔밭 사이에 숨어 있는 듯이 생각되었다.

컴컴하던 솔밭도 새어 온다. 옆으로 돌아가며 간 당추*밭에는 빨간 당추가 하나씩 둘씩 나타나기 시작하였다. 우수수하는 바람결에 '툭' 하는 소리가 들렸다. 그 소리에 놀라 굽어보니 밤 한 알이 앞으로 굴러왔다. 깜빡 잊었음을 느낀 그는 치마 앞을 벌리고 울바자 밑에 서 있는 밤나무 아래로 달려갔다. 주먹 같은 밤알이 여기저기 흩어져 보암직했다.

밤알을 다 줍고 난 그는 치마 앞을 연해 들여다보다가 밤나무를 올려다보았다. 예쁜이는 가을철이 들자 눈만 뜨면 밤나무 아래로 달려가서 살펴보다가 아람이 벌어져 떨어지기 시작하면서부터는 그중 옹골차고 큰 알을 따로 골라서 어머니도 세인도 모르게 뚜란독 속에 깊이깊이 간직해 두었다가 마가을에 가는 어

*'고추'의 방언.

27

머니에게 부탁하여 팔아 오게 하였다. 그리하여 가지고 싶던 것을 사서 가지곤 했다.

그는 가만가만히 허청간으로 달려가서 방석을 열고 독 속에서 커다란 시승 배아지를 꺼내어 치마 앞에 밤을 골라 옮겨 놓고 보니 배아지 전과 비슷하였다. 그는 쫑깃 웃고 배아지를 독 속에 넣은 후 허튼 짚으로 덮고 부엌으로 들어갔다.

방에서는 담뱃대 치는 소리가 나자 웃음소리가 왁 쓸어나왔다. 뒤미처,

"상 받아라!"

한다. 그들은 밖으로 몰려나갔다. 예쁜이는 짐짓 섰다가 어머니가 주는 상을 받아 부엌으로 날랐다.

어머니는 세인에게 젖을 빨리며 밥을 먹었다. 세인은 예쁜이에게로 손을 내밀며,

"나, 밤."

예쁜이는 부엌으로 나가서 밤 담은 종다래끼*를 갖다 세인의 앞에 놓았다. 세인은 종다래끼를 잔뜩 껴안고 갸웃갸웃 들여다보며 어머니가 떠 넣어 주는 밥을 먹었다. 세인의 보기 좋게 볼록이는 두 볼에는 오목오목 우물이 잡히었다.

---

*작은 바구니. 양쪽에 끈을 달아 허리에 차거나 멜빵을 달아 어깨에 메기도 한다.

밖에서는 벼알 떨어지는 소리가 요란스럽게 났다. 저녁때가 되어 마당질한 벼를 말로 되는 소리가 들렸다. 예쁜이는 밥물을 잦혀 놓고 밥상을 보아 놓은 후 사립문 뒤에 붙어 서서 가슴을 졸이며 엿보았다.

아버지는 그 커다란 눈을 둥그렇게 뜨고 말수를 세고 있었다. 그 옆으로 농장지기, 낯선 양복쟁이, 돈장사하는 김만수, 그 밖에 마당질한 일꾼들이 쭉 둘러섰다. 벌써 엿 섬째 묶는 것이었다. 그들의 눈은 호기심으로 빛났다.

"열한 섬 반!"

여러 사람 입에서 이 소리가 똑같이 굴러떨어졌다. 만수는 데리고 온 일꾼에게 눈짓하여 닷 섬을 수레에 탕탕 실어 놓았다. 예쁜 아버지는 하도 어이가 없어 멍하니 바라보는데, 수레가 털털 구르기 시작하였다.

뒤이어 처신도 볏섬을 수레에 싣고 앞서거니 뒤서거니 수레를 굴려 갔다. 예쁜 아버지는 벼 씌움을 한 먼지 머리를 뒤집어쓴 채 짚북데기*를 손에 들고 금방이라도 울 듯, 울 듯한 눈으로 하늘을 올려다보았다. 멀리서 들려오는 수레바퀴 소리는 마치 가슴 한복판을 굴러가는 듯 요란스럽게 울리는 것이었다.


*짚이 아무렇게나 엉클어진 뭉텅이.

예쁜이네 모녀는 설거지를 마치고 방으로 들어갔다. 일꾼들은 벌써 가 버리고 담배 내만 자욱한 방에 예쁜 아버지는 시름없이 째한 앞문만 바라보고 있었다. 그때 밖에서 기침 소리가 났다.

"진지들 잡수셨나요?"

"어, 그 누구이?"

예쁜이는 웃방으로 올라갔다.

"처신이오."

그는 의외라는 듯 벌떡 일어나며,

"뭐 잘못된 것이 있습니까?"

처신은 방으로 들어와 앉았다. 예쁜 어머니는 등불을 헤어* 놓았다.

"아뇨. 오늘 퍽 섭섭하셨지요?"

이 말에 그는 너무 황공하여 눈물까지 글썽글썽했다.

"오늘 나와 같이 오셨던 어룬이 바로 우리 농장 주인이십니다."

"뭐?"

예쁜 아버지는 눈을 둥그렇게 떴다.

"전에는 늘 대리로 보내시더니 올해에는 친히 오셨습니다."

처신은 목소리를 한층 낮추어서,

*'켜다'의 방언.

"마침 참한 소실을 구한다는 말씀을 하시기에 내가 집의 따님 이야기를 하였더니 영감한테 말해 보라고 하시기에 왔습니다."

예쁜 아버지는 너무나 생각 밖의 말인 까닭에 무엇이라고 대답해야 할지 말문이 칵 막히었다. 영감이 잠잠하매 예쁜 어머니는 답답하여,

"그런 어룬이 우리 딸 같은 것을 어떻게……."

그제야 예쁜 아버지도,

"글쎄, 그런 돈 많으신 어룬이……."

"원, 별말씀 다 하십니다. 전에 세월 같으면야 어림이나 있겠습니까마는 요새 세월은 그렇지 않다오. 그런 걱정은 마시고 얼른 작정하시오."

부부는 잠잠하였다. 무엇보다 처신의 말이 미덥지 않았다. 한참 후에 영감이,

"글쎄, 원…… 그럴 리가……."

처신이 눈을 슴벅슴벅하며,

"어서 작정하시오. 이런 때를 놓치지 말아야지. 그런 부자를 사위로 맞이하는 판인데, 설마한들 영감님네를 굶으라 하겠수?"

부부의 머리는 지끈지끈해지며 나오려던 말이 한층 더 막혔다. 처신은 부부를 번갈아 보았다.

"어찌하겠수……. 좀 좋소? 딸은 호사여, 치여 죽을 지경이지.

동자*도 바누질도 안 하고 오도카니 앉아 손톱에 물만 튕기구 앉
았겠구려. 수 생겼소.”

영감은 예쁜 어머니를 보았다.

“어쩔까?”

“글쎄요…… . 어쨌든 한번 가서서 손수 자세한 이야기를 듣고
다시 생각해 봅시다. 갑자기 되니 내니 알겠소?”

처신은 벌떡 일어났다.

“가십시다.”

영감은 왜자자한** 머리를 쓰다듬으며 일어났다.

“뭐, 그러고 가시렵니까?”

“그럼.”

영감은 아래를 훑어보았다. 처신은 문밖으로 나가며,

“원, 어서 가십시다. 농사꾼이 아모려면 상관있습니까?”

영감은 두말없이 뒤를 따랐다.

예쁜 어머니는 그들의 말소리가 멀어질수록 아까 일이 활동사
진 모양으로 나타났다, 없어졌다 하였다. 어느덧 눈에서 눈물이
흘렀다. 무엇보다도 나이 많은 남편이 여름내 그 다디단 잠도

---

*밥 짓는 일.
**[북한어] 머리카락 따위가 마구 헝클어지거나 흩어진 상태.

못 자고 밤을 새워 가며 봇둑의 물을 논에 대느라고 애쓰던 것
이 아까웠다. 벼 이삭이 보암직하게 패어 올 때 영감이 좋아하
던 꼴. 그는 폭 엎드려서 흑흑 느껴 울었다. 한참 울고 나니 이번
에는 예쁜이 일. 아까 본 그 양복쟁이가 새삼스럽게 뚜렷이 보
였다.

"참이라면 어쩔까?"

이렇게 울부짖으며 웃방을 향하여,

"예쁜아!"

하고 몇 번이나 불렀으나 잠잠하였다. 그는 세인의 옆에 옷을 입
은 채로 누워서 하던 생각을 되풀이하였다.

밤이 적이 깊어서 남편은 돌아왔다. 남편이 곁에 펄썩 주저앉
자 술내가 훅 끼쳤다.

"무어랍디까?"

그는 아무 말 없이 일어서서 비틀걸음으로 웃방 문을 열었다.

"예쁜아!"

텁텁한 소리였다. 그 뒤로 따라선 예쁜 어머니는,

"자요, 자요. 할 말 있으면 내일 하구려."

"어, 취한다. 내 딸 자니?"

눈을 지리쳐 감고 예쁜 어머니에게로 탁 실린다.

"우리는 살았네. 내 딸 때문이지. 에이, 고얀 놈! 이놈아! 만수

란 놈아! 날도적놈아!"

시뻘건 눈을 부릅뜨고 부들부들 떤다. 그는 겨우 남편을 끌어다 옷을 벗기고 자리에 뉘었다. 남편은 눕자마자 코를 골아 넘긴다.

그는 한층 더 눈이 또렷해졌다. 고요한 방에 숨소리만이 가득하고 이때 들리느니 가을벌레 울음소리다. 훅 불을 끄고 나니 뒷문에 달이 비쳤다.

남편의 입에서 나오는 말에 의하면 딸의 혼인은 이미 결정된 듯싶었다. 무엇보다도 섭섭한 것은 소실이라는 것이었다. 귀한 딸을 남의 눈엣가시로 보내는 것이 아무래도 못할 짓으로 생각되었다.

그는 남편 곁에 누워 어느덧 잠이 들고 말았다.

이튿날 새벽, 남편에게 흔들려 깨어난 그는 남편을 올려다보았다.

"혼인은 다 되었네."

"뭐야요? 좀 생각해 보고 하지."

"공연한 소리 또 하네그려. 어디 그런 자리가 쉽겠나? 그리고 며칠 있다가 가겠다니까 예쁜이를 딸려 보내야 하겠네."

예쁜 어머니는 기가 막혔다. 이어서 눈물이 좌우로 흘러내렸다.

"이 사람, 쩍하면 울기는……. 그럼 시집도 안 보내고 끼고 살 텐가?"

마누라는 돌아누우며 세인을 꼭 껴안았다.

날이 훤히 밝자 예쁜이가 일어났다. 그가 가만히 샛문을 열자 어머니가,

"왜 벌써 일어나니? 곤할 텐데."

그는 아무 대답 없이 부엌으로 나가서 앞뒤 대문을 활짝 열어 놓았다. 산뜻한 바람이 정신을 깨끗하게 하였다. 그는 우두커니 차츰 새어 오는 하늘을 바라볼 때 컴컴한 솔밭이 앞을 가로막았다. 어제 새벽만 하여도 무섭던 솔밭이 이 순간에는 눈물이 날 만치 정들어 보였다.

그는 그도 모르는 사이에 긴 한숨을 내쉬고 저석저석 밤나무 아래로 가 보았다. 어제보다도 밤이 더 많이 떨어져 있었다. 그는 맥없이 치마 앞을 벌려 한 알씩, 두 알씩 밤을 줍기 시작할 때 눈물이 주르르 흘러내렸다.

그는 밤을 다 줍지도 않고 부엌으로 들어갔다. 방문 소리가 나자 어머니가 나왔다.

"아부지가 너 들어오란다."

가슴이 지끈지끈하였다. 예쁜이는 머리를 푹 숙이고 나무 꼬챙이로 부엌 바닥만 이리저리 긋고 있었다. 이 꼴을 본 어머니는 저 애가 벌써 다 들었구나 하였다.

"어서 들어가라. 왜 그리고 있니. 아모러면……."

발이 떨어지기 전에 훌쩍훌쩍 울음이 터졌다. 방에서는 아버지의 목소리가 들렸다.

"예쁜아, 들어오너라."

어머니는 딸이 우는 양을 보니 가슴이 뻐근해지며 '저런 것이 어찌 남의 첩 노릇을 할까, 아무것도 모르고 아비어미밖에 모르는 것이…….' 이렇게 생각하고 나니 저절로 눈물이 앞을 가렸다.

예쁜 아버지가 부엌으로 나왔다.

"내, 내 딸 왜 우니? 너무 좋아서? 허허허……."

그는 너털웃음을 내치고,

"어서 들어가자. 밥을랑 네 어미더러 하라자, 응?"

하며 예쁜이의 곁으로 바싹 다가섰다.

"그만둬요. 저도 다 들은 모양인데."

"어디서 들어?"

남편은 아내를 쳐다보았다. 그는 남편을 밀치며,

"그만둬요. 새벽부터 말 안 하기로서니 틈이 없을까."

그는 하는 수 없이 중얼중얼하며 방으로 들어간다.

"야! 울지 말라구. 누구나 한 번씩은 겪는 일인데, 무얼. 내가 열네 살에 너의 아부지한테 왔잖니."

예쁜이는 가만히 일어서서 뒤꼍으로 나갔다. 그리하여 밤나무 옆에 착 가리어 앉아 치마폭으로 얼굴을 폭 가리고 흑흑 느껴 울었다.

조반을 퍼 놓은 예쁜 어머니는 뒤꼍으로 나와서 밤나무 옆으로 왔다.

"들어가서 밥 먹자. 야, 말 들어, 속 태이지 말고."

어머니가 예쁜이의 손을 잡아끌었다. 그는 하는 수 없이 방으로 들어갔다.

"내 딸 왜 그래! 공연히 그러누나. 이제 서울 가면 좋은 구경하고 좀 좋으냐?"

예쁜 어머니는,

"그만둬요. 자꼬만 우는 애를 가지고 여러 말 하시우…… 괜히 애 밥도 못 먹게스리."

하였다. 어머니가 손에 들려 주는 숟갈을 들고 밥을 퍼먹으려니 예쁜이는 기가 꽉 찼다. '며칠만 있으면 아부지 말대로 가야 하니 그러면 다시는 오마이도 아부지도 세인이도 못 보겠지?' 이런 생각에 슬그머니 숟갈을 놓고 웃방으로 올라갔다. 어머니도 따라 밥술을 놓고 말았다.

세인이 기지개를 켜며 벌떡 일어나 앉는다.

"오마이!"

영감은 세인을 껴안았다.

"아가, 밥 먹자."

세인은 도리를 치고 어머니에게 가서 젖가슴을 헤치고 팠다. 아버지는 샛문을 열고,

"밥 먹어라! 울기는 와! 어서 나려와!"

세인은 토닥토닥 아버지 곁으로 가서 갸웃하고 엿보았다.

"오마이, 누나 울어. 이렇게 울지."

세인이 조그만 손으로 눈을 비비며 어머니 앉은 곳으로 달려간다. 그는 본체만체하고 한숨만 후후 쉬었다.

조반상을 물리자 이춘식과 처신이 들어선다. 영감은 황망히 일어나며,

"이리 오시오. 집이 누추해서……."

아랫목을 가리키고 방을 휘휘 둘러보며 윗목으로 앉았다.

춘식은 방에 들어서자마자 어떤 토굴 속에 들어온 듯하였다. 한참 후에야 방 안이 어림해 보였다. 도배하지 않은 바람벽이며 불그죽죽한 장롱짝, 엉성하게 엮은 삿자리, 어느 것 하나 원시시대를 상상케 아니할 것이 없었다. 더구나 먼지내가 코를 벗튀우는 것 같았다. 그는 수건을 내어 코를 막았다.

영감은 샛문을 열고 보니 딸이 없었다. 그는 부엌으로 나갔다.

"이 애 어디 갔노?"

세인을 업고 왔다 갔다 하는 아내를 쳐다보았다.

"글쎄요. 방금 나갔는데……."

영감은 얼굴을 찡그리며,

"어서 데려오게."

아내는 새침하고 밖으로 나갔다.

영감은 방으로 들어가며,

"촌년이 돼서 몹시 부끄러워합니다."

얼마 후에 발소리가 들렸다. 영감이 밖으로 나갔다.

"왜 혼자 오누?"

"어디 있습디까?"

"에잇……."

춘식은 부부의 이야기를 듣자 처신을 찔러 가자며 일어났다.
돌아보는 영감의 얼굴은 벌게졌다.

"어째서 가시렵니까. 곧 올 터인데요."

그들은 웃으며,

"보나, 안 보나 다름 있겠습니까? 내일 가겠습니다. 옷은 다 맡
기었습니다."

하더니 가고 말았다.

이튿날 아침 여덟 점 차로 예쁜이는 그리운, 그리운 고향을 등
지고 떠나게 되었다.

가을이 깊었다. 창문의 딸 예쁜이가 부자 이춘식의 호강첩으로 팔려 갔다는 소문이 읍촌 간에 자자하게 퍼졌다. 둘째는 처음에는 곧이듣지 아니하였다. 그보다도 자기 귀를 의심하였다. 그러나 새록새록 들려오는 소문은 그로 하여금 괴로우나마 믿지 않고는 견디지 못하게 하였다.

가슴을 졸이며 알아본 결과는 움직일 수 없는 사실이었다. 과부의 단 하나밖에 없는 외아들 같은 희망을 빼앗기고 말았던 것이다.

지금 그의 짤막한 과거를 돌아본다면 그나마 그때가 희망에 넘친 행복한 날이었다. 처음이자 마지막으로 마주친 그 순간에 다만 한 번만이라도 시원한 말을 나누고 떠나보냈더라면 차라리 나을 것같이 생각되었다.

그는 모든 것을 잊어 보려 하였다. 자기로서도 알지 못할 쓰림과 질투의 불길이 날이 갈수록 무섭게 타올랐던 것이다. 그는 생사를 헤아리지 않을 만큼 되었다. 그리하여 얼굴은 파리해 가고 가뜩이나 무거운 입은 철문같이 굳게 닫혀 버렸다.

그는 밤마다 발길 가는 대로 맡겨 두면 번번이 읍등새 솔밭을 찾게 되는 것이었다. 소나무 밑에 펄썩 주저앉아서 노송나무를 힘껏 껴안고는 차츰차츰 깊어 가는 가을밤에 고즈넉이 잠든 송화읍을 내려다보았다. 전에 볼 수 없던 함석집들이 송화읍 가운

데에 들어앉아, 그 주변에 둘러앉은 초가집들을 노려보는 듯 비웃는 듯이 달빛에 빛나고 있었다.

찰나에 떠오른 눈, 비웃는 그 눈, 천진한 어린 자신을 속인 말끔한 거짓말이 그의 전 신경을 비상히 흥분시킴에 따라 쓰라렸던 과거 실마리가 풀리기 시작하였다.

젊어서 남편을 잃은 그의 홀어머니는 어린 그를 하늘같이 믿고 여름이면 김품 팔고 겨울이면 삯바느질 같은 것으로 그날그날 겨우 살아갔다.

둘째가 열두 살 나던 해 가을이었다. 여름철에 접어들면서부터 어머니는 소화 불량증을 얻어 노상 굶다시피 하면서도 삯김을 계속하였다. 그러다 철이 바뀐 어느 날, 그는 견디지 못하여 하던 일을 겨우 대강대강 마쳐 버리고 집으로 돌아와서는 정신없이 자리에 눕고 말았다.

어린 둘째는 솔가리를 긁어다 놓고 방으로 들어갔다.

"오마이!"

언제나 그는 방문을 열어 잡고 이렇게 부르는 것이었다. 여러 날 신고(辛苦)에 두 눈두덩이 푹 꺼진 어머니는,

"왜?"

하며 겨우 눈을 뜨고 아들을 바라보았다. 군데군데 해진 잠방 적삼이라든지 발꿈치가 쑥 나온 목달이가 새삼스럽게 머리를 어지

럽게 하였다.

그는 곁에 앉은 아들의 손을 어루만지며,

"배고프겠구나. 아파서 나는 밥 못 하겠으니 식은 밥이라도 갖다 먹어라. 아이고!"

그가 긴 한숨을 푹 내쉬니 자기도 모르는 사이에 눈물이 흘러내렸다.

"응."

둘째는 부엌으로 나가서 덜그럭덜그럭하더니 조밥 바리와 된장 그릇을 안고 들어왔다. 그는 씩씩거리며 나뭇단 끌어들이듯이 밥술을 큼직큼직하게 떴다. 부리나케 푹푹 퍼먹은 그는 숟갈을 던지고,

"오마이, 나 배불러."

"오냐."

어머니의 대답을 들은 그는 그릇을 버려둔 채 어머니 곁으로 달려가서 눕자마자 코를 골아 넘긴다.

어머니는 똑 부러지게 아픈 곳은 없다 하더라도 전신에 맥을 출 수가 없으며 따라서 호흡이 곤란해졌다. 나중에는 가래까지 끓었다. 방 안에는 찬바람이 실실 돌았다. 새어 드는 달빛이 아들의 얼굴을 뚜렷이 보여 주었다. 그는 젖 먹던 힘을 다하여 이불을 끌어다 아들에게 덮어 주었다.

병이 위중할수록 막연하게 어린 아들의 신세가 불쌍해 보일 뿐이었다. 따라서 저 어린것을 놓고 내가 아주 죽나 보다 하는 끔찍한 생각은 하늘이 무서워서 못하여 보았던 것이다.

밤이 깊어 갈수록 점점 가래가 성해지고 바람에 쓸려 다니는 나뭇잎의 와삭이는 소리와 요란스럽게 들리던 벌레 울음소리가 차츰차츰 가늘어지며 주위가 암흑으로 변해 가는 것을 느낄 때 가슴이 죽음이란 것 앞에서 마지막으로 울렁거리기 시작하였다.

그는 잠든 아들을 깨워 보려 했으나, 태산준령이 콱 내려앉은 듯하여 손가락 하나 까딱할 힘이 없었다. 점점 흰자위만이 드러나기 시작하였다.

별안간 둘째는 왈칵 일어났다.

"오마이, 오줌 눠."

아무 대답이 없었다. 그는 어머니를 흔들었다.

"요강 달라오!"

오줌이 나오기 시작하였다. 그는 두 눈을 딱 감고 시원하게 오줌을 누고 나서 그 자리에 되는대로 누워 버렸다. 그러나 오줌이 사정없이 해진 옷 속으로 푹 젖어 들었다. 그는 잠결에 괴로움을 느끼고 벌떡 일어났다.

"오마이!"

갑자기 추움과 무서움이 휘딱 들어 두 눈이 올랑올랑했다. 둘째는 어머니 곁으로 바싹 다가앉아 어머니를 흔들었다.

"오마이!"

어머니는 정신이 뻔하였다. 그러나 마치 가위눌린 사람처럼 말도 할 수 없었으며 움직일 수도 없었다. 하도 대답이 없음에 안타까워서 둘째는 머리맡으로 가서 어머니의 눈을 보았다. 그는 갑자기 무서움을 느꼈다.

"오마이? 왜 그래, 응야!"

그는 어머니 가슴에 얼굴을 파묻고 울었다. 아들이 우는 것을 번연히 아는 어머니는 어떻다고 말할 수 없이 슬펐다. 그러나 그는 역시 순간이고 아무것도 분간치 못하는 의혹으로 변해지는 것이었다.

둘째는 어머니의 얼굴을 들여다볼 때 밤마다 켜지던 등불이 없었다. 그는 한 손으로 눈물을 씻으며 다른 한 손으로 성냥을 더듬어 불을 켰다.

"오마이! 나 보라우, 어서야!"

그는 어머니의 감긴 눈을 뻐기고 들여다보았다. 어머니가 무엇이라고 중얼거렸다. 음성은 나오지 않고 입만 놀렸다.

"무어! 에, 그 정 크게 하려마."

그는 어머니의 입술을 똑바로 들여다보며 그대로 입술을 놀려보았다.

"주부*. 응, 주부!"

얼핏 작년 여름에 엉덩이에 난 종기로 인하여 어머니와 주부네 집에 갔던 것이 기억났다.

"응, 주부, 주부. 내 갔다 와!"

그는 우뚝 일어섰다. 문밖으로 뛰쳐나가자 무서운 김에,

"오마이! 나 가, 응?"

이런 말을 남기고 앞으로 뛰었다.

오불꼬불한 논두렁을 지나고 밭머리도 지나 읍등새 솔밭 사이로 들어섰다. 바람에 솔포기 흔들리는 소리가, 동무들에게 들은 옛날이야기 중 무서운 범이 나오는 소리 같았고, 제 발자취 소리에 놀라 휘끈 돌아보면 둥그런 달이 자기를 따르는 것이었다.

그 무서운 솔밭도 지나고 외나무로 건너지른 쪽다리도 기어 건너서는 새로 닦은 큰길로 들어서 줄달음질쳤다. 주부네 집까지 다 온 그는 팍 고꾸라졌으나 두 걸음을 쳐서 일어났다. 단숨에 돌층계를 올라서 차디찬 대문짝에 착 달라붙었다.

"오마이, 문 열어!"

얼결에 빽 소리치고는 숨을 죽이고 엿들었다. 여기저기서 개 짖는 소리만이 점점 요란스럽게 들렸다.


*한약방을 차린 사람.

"문 열어요!"

전신에 땀이 훈훈히 흐르며 눈물이 방울방울 떨어졌다. 눈을 딱 감고 대문짝을 당기고 나니 안에서 인기척이 나며 문이 방싯 열리자 뚱뚱한 주부가 나타났다.

"웬 아이냐?"

자다 나온 텁텁한 소리였다. 둘째는 반가움에 주부에게 와락 달려들어 칵 매달렸으나 한참 동안은 말을 못 하고 애만 썼다.

그는 달빛에 둘째의 얼굴을 비춰 보니 한번 본 아이 같았다. 그는 머리를 돌려 생각해 보더니,

"너 종기로 앓던 애지?"

"네. 울 오마이, 저 울 오마……."

숨이 찼다.

"그래, 너의 오마니가 어떻단 말이냐?"

"저, 죽어 가요, 아파서……."

"어디가 아프다든?"

"겨워요. 그러고 말 못 해요."

"음."

주부는 둘째를 물리쳤다.

"앓다가 낫지. 울지 마라. 내일 아침 내 갈 것이니 어서 가거라."

"나 혼자요?"

안타까운 듯이 둘째는 주부를 올려다보았다.

"그럼."

주부의 머리에 아직 선한 것은 작년 약값도 절반조차 받지 못한 것이었다. 그리고 밤도 오래고 더구나 촌이 되어 가고 싶지 않았다.

"올 때 너 혼자 왔니?"

"네. 갑시다, 우리 집에. 네?"

둘째는 바투 다가가 그의 손을 잡아끌었다.

"내일 가겠으니 어서 가거라!"

어머니 같은 사람인 줄 알고 다가갔으나 주부는 사정없이 그를 몰아낸다.

"내일 가마. 잘 가거라!"

말을 마치기도 전에 주부는 문빗장을 걸고 들어가 버렸다. 둘째는 멍하니 섰다가 문 사이로 들어가는 주부의 뒷덜미를 바라보았다.

"정말 오겠수우?"

아무 대답 소리 없이 안대문까지 쾅 닫혀 버렸다.

둘째는 대문 밖에 우두커니 서서 누가 또 나올까 하고 기다리다 못해 두 주먹을 부르쥐고 뛰었다. 나무도 산도 얼씬얼씬 움직였다.

집까지 달려온 둘째는 방문을 벼락같이 열고,

"오마이!"

하며 뛰어들어 어머니 가슴에 팍 엎어졌다. 문바람에 등불마저 꺼져 버렸다. 둘째는 어머니 얼굴 위에다 제 얼굴을 마주 대고,

"주부가 안 오지. 내일 오겠대, 응?"

뜨거운 눈물이 차디찬 송장 위로 한 방울, 두 방울 떨어지기 시작하였다. 때마침 곁집 닭이 홰를 치며 꼬끼오 하고 울었다.

여기까지 생각한 둘째는 깊이깊이 가라앉았던 분이 왈카닥 치몰려 하늘을 뚫을 듯하였다. 그는 두 주먹을 다져 쥐고 벌떡 일어났다.


예쁜이는 예쁘장한 계집애를 낳았다. 두 눈이 분명하고 얼굴 판장은 어머니 비슷하면서도 어머니보다 생김생김이 더 뚜렷하였다. 우리의 여주인공이 될 옥이였다.

외롭던 끝에 계집애일망정 생기고 보니 몇 달 동안 갖은 수고와 입으로 담지 못할 악형을 당한 것도 꿈속으로 사라지고 더할 나위 없이 위안이 되었다. 그리하여 아무것도 모르는 그 어린것에다가 예쁜이는 혼자서 중얼중얼 말을 거는 것이었다.

주옥 어머니가 혹간 지나가다 귓결에 그 말소리가 들리면 벼락같이 문을 열었다.

"그 잘난 계집애만 가지고 빈둥빈둥 놀 테야!"

평소 말할 때에도 달싹도 못 하는 판에 긁어 닥치는 듯한 큰소리에 금방 무슨 변이라도 나는 듯싶었다. 그리하여 머리를 푹 숙이는 예쁜이의 가슴은 울렁거리기 시작하였다.

"반편, 반편 하니, 저런 반편이 어디 있다가 내 속을 요다지도 태워 주니! 야, 이 못난 년아!"

하고 달려들어 어린애를 뺏어 가지고 안방으로 홱 들어가 버렸다.

어린애는 발악을 하고 운다. 뒤이어 어떻게나 하는지 죽는 소리가 난다. 울음 마디마디가 뼈끝마다 스며드는 듯 예쁜이의 가슴은 찢어지는 듯하였다.

그는 더 이상 참을 수 없어 벌떡 일어나서 방을 빙빙 돌다가 두 눈이 벌게져서 안방으로 건너가는 것이었다. 이를 눈치챈 주옥 어머니가 앞질러 딱 막아서서 노려보았다.

"잘못했습니다…… 네? 아이 주시오. 참말이야요."

그의 눈은 애처롭게 타올랐다. 주옥 어머니는 일종의 통쾌함을 느끼며,

"무엇을 그래, 잘못했단 말이냐?"

그는 뭐라고 대답해야 할지 난처하여 마지막에는 울음으로 대하였다.

"아씨, 저 입 보시우."

둘러선 행랑어멈 침모가 눈짓을 하더니 입을 막고 웃었다. 이렇게 그들의 잔인한 흥미도 다하고 나면 사정없이 내치듯 어린 애를 건네주었다.

그는 어린애를 안고 비실비실 방으로 건너가서 맞은 자리를 어루만지며 어린애의 볼과 제 볼을 남몰래 마주 대었다. 어린애는 그와 눈을 맞추자 방싯방싯 웃었다.

어슬막에 대문 소리가 요란하게 났다. 뒤이어 흐트러진 신발 소리가 들리자, "나리 오신다!" 하는 소리가 거푸 들렸다.

예쁜이는 아기를 멀찍이 눕히고 미닫이문 사이로 내다보았다. 얼근히 취하여 비칠비칠 들어오는 남편의 탁 트인 얼굴, 안방에서 마주 나가는 다닥다닥 붙은 주옥 어머니. 첫눈에 벌써 외모만은 기운 짝이었다.

주옥 어머니는 생글생글 눈웃음치며,

"아빠 오신다, 주옥아."

주옥은 빠르르 나와서 아버지에게 안겼다. 부부가 앞서거니 뒤서거니 하며 방으로 들어가자 미닫이문이 스르르 쾅쾅 닫히고 만다.

멍하니 바라보던 예쁜이는 어쩐지 허전함을 느꼈다. 역시 순간이었다. 그는 어린애를 꼭 껴안고 전등불 아래 빛나는 조그만 어린애의 눈을 말없이 언제까지나 들여다보았다.

방으로 들어간 주옥 어머니는 남편의 기분이 좋을 때를 이용하여 예쁜이 말을 꺼내리라 하고 눈치만 슬슬 보며 갖은 아양을 다 떨어 댔다.

　저녁상이 들어온다.

"난 먹었어."

　춘식은 벌렁 누웠다. 어멈은 도로 부엌으로 나갔다. 주옥은 아버지 팔에서 잠들었는지 색색하는 숨소리를 냈다.

"어떻게 할 테요, 저 반편을?"

"왜 또, 갑자기?"

"정말 반편 부려 못 보겠소, 여보."

"마음대로 하지."

　이 말에 그는 생긋 웃었다.

"내야 어찌 알겠소, 당신 마누라를……. 집으로 보내면 어떠우?"

"보내지, 그럼."

　순간 그는 아찔하도록 좋았다.

"애는 떼어서 젖유모 주지요."

　벌써 예쁜이가 안타까워하는 꼴이 눈에 보였다.

"글쎄."

"노비는 얼마나 줄까?"

"한 십 원 주게나."

춘식은 귀찮다는 듯이 가만히 팔을 빼고 모로 누웠다.

"내일 보내겠소."

"마음대로 해."

그는 베개를 내려 주옥에게 베어 준 후 가만히 밖으로 나가서 한 바퀴 돌았다.

아침이 되자 주옥 어머니는 전에 없이 일찍 일어나서 안팎으로 나다니며 새살랑하였다. 문밖까지 나가서 남편을 보낸 주옥 어머니는 상노를 데리고 건넌방으로 가서 단박 달려들어 어린애를 잡아 안고 일어섰다.

"가라! 네 집으로! 옜다, 이것 가지고……."

그는 포갠 일 원짜리 지폐를 예쁜이 앞으로 던졌다.

예쁜이는 가슴이 울리기 시작하였다. 이렇게 숱하게 많은 돈을 보기는 처음이나 '가라'는 째지는 듯한 소리가 귀에 아프도록 울리었던 것이다.

상노가 돈을 집어 그의 손에 들려 주었다.

"어서 갑시다."

얼결에 예쁜이는 따라 일어섰다. 방문턱까지 나온 그는 앞이 허전하였다.

"아가!"

그는 자기도 모르는 사이에 이렇게 부르짖고 돌아보았다. 주옥 어머니 품에 안긴 어린애는 그와 눈을 맞추자 방싯방싯 웃었다.

남편 춘식은 낮에는 어느 회사 사장으로 출근하고 밤이 되면 기생 아씨들에 둘러싸여서 밤새우는 것이 거의 일과가 되다시피 하였다. 예쁜이를 데려다 놓고는 마누라가 새우는 것도 돌아보지 않고 도리어 욕질까지 하면서 밤이 되면 끈히 건너오더니 며칠이 지나서 이 역시 싫증이 났는지 발길을 뚝 끊어 버리고 혹시 어쩌다 마주치는 때가 있어도 본척만척하는 것이었다.

따라서 안방 아씨는 나날이 기승스러워 갔다. 예쁜이가 별로 잘못한 일이 없는데도 달려들어 머리채를 휘어잡는 것이 매일이 되다시피 하였다. 그리하여 온갖 일을 다 시키는 것이었다. 마루 걸레질, 방 걸레질, 빨래, 동자…… 예쁜이는 손대지 않은 것이 없었다. 괴로우라고 시키는 것이 오히려 그에게는 갑갑하지 않고 십상 좋게 생각되었다.

어느 날, 그가 밥을 퍼 들이고 밥 한 그릇, 국 한 사발을 가지고 건넌방으로 가려고 할 때였다.

"여기저기 벌이지 말고 어멈과 같이 먹지!"

안방에서 나오는 표독스러운 소리였다. 그는 놀라 흠칫하여 하마터면 국그릇을 짓몰 뻔하고 겨우 부엌으로 들어갔다. 그는 한숨을 푹 내쉬었다. 무엇보다도 그릇을 깨뜨리지 않은 것이 적이 안심되었다. 어멈은 안방에서 빈 그릇을 가지고 나왔다.

"개밥 주었수?"

"아니요."

"아이고, 입때 무얼 했수그래? 촌 양반이 왜 개밥 주는 것도 몰우? 기 차라!"

어멈이 부뚜막에 긁어놓은 솥치*에다 식은 밥을 뒤섞고 찌개 국물을 타서 개밥통에 들썩 부어 주는 것이었다.

"에스, 에스!"

하고 부르니 새카만 강아지가 꼬리를 치며 달려들어 처럭처럭 먹기 시작하였다. 그는 속으로 '에스는 무엇일까? 우리 곳에서 부르던 검둥이, 복술이란 개 이름을 저렇게 부르나?' 하고 생각하니 어쩐지 에스라는 이름이 서먹서먹하여 다정한 맛이 없었다.

그는 멍하니 서서 개 주둥이 속으로 차츰차츰 없어져 가는 허리가 길쭉길쭉한 흰 밥알을 보았다. 사명절 때나 아버지 생일 때라야만 먹는 줄 알았던 흰 이밥을 이 집에서는 개에게까지 먹인다. 이런 생각을 할 때 문득 떠오르는 것은 아버지의 피 나던 손이었다.

어느 날 아버지는 벼를 베다가 엄지손이 베인 것이었다. 빨간

---

*'누룽지'의 방언.

피가 죽죽 흐르는 것을 예쁜이가 달려가서 제 고름 끝을 잘라 처매어 주었다. 피가 점점 더 흘러 옷에 묻고 벼 이삭까지 발려도 아버지는 탐스러운 벼 이삭에 끌려 아픈 것도 전혀 모르는 모양이었다.

육칠월 된볕 속에서도 구슬땀을 흘리며 만지고 또 만져서 키워 놓은 쌀알! 비가 안 오면 안 온다고 걱정, 너무 오면 너무 온다고 걱정. 한 시 한 초를 마음 놓지 못하고 키운 눈물, 땀, 피로써의 결정인 그 쌀알을 아버지는 만져도 못 보고 지주와 빚쟁이에게 홀랑 빼앗기고 마는 것이었다.

이리하여 다 늙은 아버지는 장위*도 성하지 못하건만 파슬파슬한 호좁쌀밥을 먹을 때 잘 넘기지 못하는 탓으로 이따금 물 한 모금씩 마시던 것이 방금 눈에 보이는 듯했다.

어느 사이에 눈물이 흘렀다. 그는 남몰래 눈물을 씻고 나서 다시 개밥을 보았다. 어김없는, 아버지가 애써 지어 놓은 쌀밥이었다. 만일 아버지가 저 쌀밥을 보게 된다면 얼마나 아낄 쌀알이랴! 얼마나 대견할 쌀알이랴! 그러나 이 집에서는 아까운 것도 귀한 것도 모르는 모양이었다.

그는 이 집안사람들이 자기와는 딴 나라에서 살다 온 사람들처

*위장(위와 창자를 아울러 이르는 말).

럼 보였다. 이런 사람들과 한솥밥을 먹고 한집에서 살아간다는
것은 결국 기막혀 죽을 일 같았다.

어멈은 말뚱히 쳐다보다가,

"밥 먹우……. 개 먹는 것이 아깝소그래?"

그는 어멈을 돌아보다 밥상이 보이자 가슴이 멍청해지며 먹고
싶은 생각이 없고 도리어 끔찍해 보였다.

주옥이 토닥토닥 나왔다.

"나, 물!"

그는 주옥을 볼 때마다 세인이 그리웠다. 따라서 귀여운 마음으
로 주옥을 보았다. 그는 떠 놓은 물을 주옥의 입에 대어 주었다.

"싫어!"

안에서는,

"찬물 주어라."

한다. 그는 수돗물을 뽑아서 주옥의 입에다 대었다. 주옥은 물을
꿀꺽꿀꺽 마시고 나서 그를 말뚱말뚱 쳐다보았다. 예쁜이는 빙긋
이 웃었다. 별안간 찰싹하고 주옥이 예쁜이의 따귀를 갈겼다.

"반편! 가야! 네 집으로 가야!"

하고 주옥이 침을 탁 뱉고 나서 방으로 들어가자 무엇이라고 종
알종알하는 소리가 들렸다. 뒤따라 하하 웃는 소리가 들렸다. 어
멈도 '너무한다, 어린 계집애가!'라고 생각하며 숟갈을 놓고 일

어났다.

"살아 무엇해요, 어린애한테 그런 모욕을 받고⋯⋯."

어멈이 귀엣말로 중얼거리는 것이었다.

예쁜이는 골치가 우썩하며* 전신의 열이 머리로 치받쳐 올라오는 것 같았다. 그는 눈을 질끈 내리감고 찬물을 벌떡벌떡 들이켰다. 행랑어멈은 발 빠르게 안방으로 냉큼 들어갔다. 예쁜이는 사라지는 어멈의 뒤꼴을 바라보며 펄썩 주저앉았다.

"못 가요! 난 못 가요!"

예쁜이가 처음으로 내는 요란스러운 목소리였다. 모두가 눈이 둥그레질 뿐이었다. 주옥 어머니의 오목한 눈이 한층 더 옴쑥해졌다.

"이년, 이 오라질 년! 어디 못 가나 보자. 염치없이 왜 우리 딸 가져가겠다니? 흥! 이년아, 글쎄."

주옥 어머니가 침을 탁 뱉으며 암팡지게 노려보았다.

"끌어내게!"

집 안이 쩌렁쩌렁 울렸다. 상노는 또다시 달려들어 예쁜이의 두 손을 사정없이 낚아챘다. 그는 푹 고꾸라지며 두 팔을 힘껏 뿌리쳤다.

*[북한어] 마르거나 뻣뻣한 물건이 세게 스치거나 부서지는 소리가 나다.

"애 주어요! 내가 낳았지, 누가 낳았단 말이야!"

예쁜이의 입술에서 빨간 피가 흘렀다. 상노는 예쁜이의 허리를 깍지 끼어 잡았다.

별안간 대문이 활짝 열렸다. 뒤이어 나타난, 키가 들어 꽂은 듯한, 험상스럽게 생긴 한 사나이가 번개같이 달려들어 상노를 잡아 낚아채 팽개쳤다. 둘러섰던 계집들은 "악!" 하고 뿔뿔이 도망질쳤다.

사나이는 예쁜이의 앞을 딱 막아섰다. 예쁜이는 어리둥절하여 고개를 숙였다가 상노를 밟아 치운 데 눈이 뜨였다. 예쁜이는 최후 용기를 다하여 그를 쳐다보았다. 점점 뚜렷이 보이는 이 사나이. 예쁜이의 눈은 찢어질 듯이 둥그레졌다.

"둘째야!"

예쁜이는 나는 듯이 일어나 그의 가슴팍에 흐트러진 머리를 푹 파묻었다.

"예쁜아!"

그는 두멍깨 같은 시커먼 손으로 예쁜이의 어깨를 감싸고 꽉 껴안았다.

"잊지 않았구나!"

따르르 하는 소리가 들렸다. 예쁜이는 머리를 번쩍 들고,

"아기 데리고 어서 갑시다, 네? 누가 올 테야요!"

그는 이렇게 부르짖었다. 무슨 소리인지 잘 아는 까닭이었다.

둘째는 단박 안방으로 뛰어들자 잡히는 대로 잡아 낚아챘다. 주옥 어머니는 어디로 숨은 꼴이었다. 어린애는 "악!" 하고 울었다. 둘째는 어린애를 껴안고 밖으로 나왔다.

예쁜이는 어린애를 받아 안고 죽어 넘어진 상노 놈을 건너서 허방지방 나섰다.

"어디 가냐?"

벼락같은 소리와 함께 우중우중 들어선 경관들은 달려들어 항쇄*, 족쇄로 둘째를 얽어 놓았다. 예쁜이는 기절해 쓰러지고 말았다.

며칠 후 예쁜이는 경관들에게 호위되어 남대문 정거장까지 나왔다. 눈이 딱 불거진 형사가 차표를 사서 예쁜이의 손에 들려 주었다. 그는 차표를 내던지고,

"난 못 가요. 둘째를 놔주어요. 아모 죄 없는 사람이야요. 내가 상노를 죽였어요! 이년이 죽였어요!"

"가만히 있어. 둘째도 곧 보낼 테니까."

예쁜이는 순사에게 다가섰다.

"참말이야요? 거짓말 마세요. 나 혼자는 안 가겠어요!"

---

*칼(죄인에게 씌우던 형틀).

그는 팔싹 주저앉았다. 순사가 달려들어 그를 일으켰다. 이 꼴을 본 모든 사람들의 눈길이 예쁜이에게 쏠렸다.

차는 미끄러지듯 들어왔다. 꾸무럭거리는 듯한 사람의 물결이 흔들리기 시작하였다. 예쁜이는 차 안으로 끌려갔다. 차가 움직였다. 순간 예쁜이는 정신이 펄쩍 들었다. 그는 아기를 바닥에 팽개치고 미친 듯이 창 앞으로 달려갔다.

"둘째야! 둘째야!"

그는 소리를 지르며 뛰어내리려 하였다. 사람들이 그를 꼭 붙잡았다.


예쁜이가 내려온 그해 봄에 창문네 생명줄은 떼이고 말았다. 몇 식구가 살아갈 길은 하루아침에 가볍게 떨어지는 말 한마디로 캄캄하게 되었다.

창문은 딸이 내려온 것, 더구나 이태 동안 갖은 고생 다 당한 딸의 이야기를 듣고 치밀어 오르는 분을 억제하기가 힘들었으나, 그러나 밥줄이 무서워서 꼼짝 못하고 꿀떡꿀떡 삼키고 있었던 것이다.

양과 같이 순하던 그는 며칠 밤새운 끝에 맹호 같은 기세로 일떠나지 않을 수가 없었다. 그의 눈앞에는 아들, 딸, 늙은 마누라도 보이지 않고 다만 원수인 이춘식만이 딱 버티고 있었다. 그리하여 그는 어느 날 새벽에 아내를 가만히 흔들어 깨웠다.

"어디 잠깐 다녀오겠네."

"어디를 가셔요?"

예쁜 어머니는 섬뜩함을 느꼈다. 남편의 성질을 잘 알기 때문이었다.

"어디요? 말씀하고 가시오."

그는 아내를 꾹 찔렀다.

"애들 깨겠구만."

그는 세인의 옆으로 가서 얼굴을 맞대 보고 예쁜이를 어루만지며 한참이나 우두커니 앉았다가 벌떡 일어났다.

"혹시 이번 갔다 며칠 걸릴지 모르니까 세인이 울리지 말고 예쁜이도 잘 위로하여 주게."

여기까지 말한 그는 앞이 캄캄함을 느꼈다. 그러나 꾹 참고 어둠 속으로 달음질쳤다. 남편의 신발 소리가 멀어질수록 아내의 가슴은 터지는 듯하였다. 남편이 다시 돌아오지 못할 것만 같았다.

이튿날부터 세 식구는 날마다 아버지를 기다렸으나, 날이 가고 철이 바뀌어도 점점 막연하기만 하였다. 세인은 눈만 뜨면 아버지를 부른다.

"오마이, 오늘은 아부지 과자 사 가지고 와, 응?"

어머니는 하도 여러 번 거짓말을 하고 났더니 입이 썼다. 그러

나 세인이 안타까워하는 꼴을 보고는 번번이,

"그래."

하고 한숨을 푹 내쉬었다. 나중에는 세인도 곧이듣지 않고 덮어놓고 어머니의 손목을 잡아끌고 나섰다.

"아부지한테 가자, 아부지한테!"

어머니는 모든 것을 단념하고 이튿날 세인의 손목을 잡고 나섰다.

"야, 난 가야겠다."

예쁜이가 부엌에서 나왔다.

"어디?"

"견디겠니, 야 때문에?"

모녀의 눈에는 약조나 한 듯이 일순 눈물이 핑 돌았다.

"오마이, 나도 가!"

예쁜이도 따라나선다.

"너까지 그러지 마라. 얘가 하도 조르니 바람이나 쐬이랴고 촌으로 슬슬 돌아다니다가 올 테니까. 어서 어린것 데리고 집이나 잘 보아라."

어머니가 예쁜이의 등에 업힌 애를 들여다본다.

"엄마, 엄마!"

"오, 다녀오마, 아가."

이렇게 어르고 나서 남편이 떠난 길로 정처 없이 나섰다. 예쁜이는 하는 수 없이 신작로까지 따라갔다.

"그럼 이내 와. 오마이 안 오면 나도 곧 갈 테야."

그는 머리를 푹 숙이고 울었다.

"오냐."

어머니는 차마 뒤를 돌아보지 못하였다. 무 밑동 같은 딸 하나를 남겨 놓고 다시 올지 말지 모를 길을 떠나는 가슴은 무엇이라 형용할 수 없었다.

어머니와 세인은 산모롱이로 돌아갔다. 그는 펄썩 주저앉아 어린애를 내려 동댕이쳤다.

"이년의 계집애! 네 아비 때문에 우리 오마이, 동생이 떠나누다. 죽어라!"

어린애는 "악." 하고 어머니에게로 달려들었다.

한참 성풀이를 하고 나니 도리어 후회가 났다. '어린것이 무슨 죄가 있나, 내 팔자 사나워 그렇지.' 이렇게 위로하고 집으로 돌아왔다.

어머니가 떠난 지 몇 날 몇 달이 지나도 아무 소식이 없었다. 거의 일 년이 지난 후에 이러한 풍문이 돌았다. 예쁜 아버지가 춘식을 죽이려다 못 죽이고 도리어 잡혀서 몇 달 후에 애통이 터져 죽었다는 것, 어머니와 세인도 이 소식을 듣고 한강에서 자살

했다는 것이었다.

예쁜이는 그만 실신 상태에 빠졌다. 먹을 것 없고 입을 것 없는데다 하늘같이 믿고 바라던 어머니와 세인이 돌아오기를 손꼽아 기다렸는데 그 희망조차 물거품이 되고 만 것이었다.

그는 담배를 배우고 술을 입에 대었다. 그리고 난봉가를 불렀다. 냄새를 맡은 사내놈들이 수캐처럼 밤낮을 헤아리지 않고 달려들었다.

"여보세요, 이리 와 앉으세요."

그는 처음 보는 사내에게도 탁탁 매달려 손을 잡아끌었다.

"술, 술 사 주어요. 술 아니면 난 못 살아요!"

그의 눈은 가느다랗게 되는 것이었다.

그는 사내를 얻게 되었다. 그 통에 몇 놈이 서로 주먹 담판을 하는 바람에 게딱지 같은 집이 몇 번이나 무너질 뻔하였다. 그러나 그중 힘센 매질꾼으로 호난 김명구가 이기고 말았다.

어머니를 빼앗긴, 이제 네 살 된 어린아이는 웃방 구석에서 해종일 혼자서 놀다가는 안타깝게 어머니가 그리워서 샛문 사이로 고개를 갸웃하고,

"엄마!"

하였다. 어머니는 사내놈의 무릎 위에 올라앉아 갖은 아양을 다 피우다가,

"이 계집애, 가만있어라!"

하고 소리를 냅다 지르는 바람에 어린애는 눈을 꼭 감고 숨어 버리고 말았다.

예쁜이는 사내를 얻으면서부터 아이를 윗목 구석에서 혼자 자게 하였다. 밤중에 한 번씩이라도 깨 보면 아이는 고양이 드나드는 웃방이 무서웠다. 그리하여 눈을 꼭 감고 이불을 치덮어도 여전히 무서웠다. 그러다 혹시 오줌이 마려우면,

"엄마!"

하고 가만히 불렀다. 이마 끝에 땀이 쪽 흐른다. 대답을 기다리던 아이는 차마 또다시 불러 보지 못하고 자리에 그냥 오줌을 싸 버리고 만다. 아침이 되면 예쁜이는 아이를 차고 던지며 때렸다.

"다시 또 오줌 쌀래!"

그가 망치를 둘러메면,

"안 그럴게……."

하고 아이는 조그만 손을 눈에 꼭 붙였다.

끼니때가 되면 사내는 번번이 아이를 미워하였다.

"밥을 작작 처먹어야지."

그 커다란 눈을 흘깃흘깃하였다. 예쁜이는 자기가 욕하고 때릴 때에는 모르다가도 사내가 무어라 하면 화가 바짝 치밀었다.

"여보, 먹는 건 죄 아니랍대다. 밥 먹는 것까지 그렇게 밉소?"

그는 밥숟갈을 뎅그렁 내치고 새침하여졌다. 사내는 눈을 부라리며,

"그래, 밉다! 꼴 못 보겠다. 모두 나가!"

하고 발길로 예쁜이를 내밀쳤다. 예쁜이는 얼굴이 발갛게 되어 사내놈을 노려보았다. 이 꼴을 본 아이는 나분 술을 놓고 슬그머니 밖으로 나가 뽕나무 옆에 우두커니 서 있었다. 오가던 사람들은 어린것이 하도 괴망스럽게 무엇을 생각하는 듯한 모습이 귀엽고도 불쌍하였다.

"아가, 엄마가 무어라든?"

한 사람이 아이의 손을 잡고 들여다보니 아이는 잠자코 머리를 흔들어 보였다.

"그럼 아빠가?"

아이는 뒤를 돌아보며 가만히 있었다. 그는 아이를 덥석 안고 자기 집으로 갔다. 한참 후에 예쁜이는 그 집을 찾아가서 아이를 데리고 집으로 왔다. 그리하여 사내의 골을 풀어 주려고,

"아가, 아빠라고 해 보아라."

하고 웃으면서 아이를 들여다보았다. 아이는 눈이 둥그레져서 가만히 있었다.

"아빠 해! 그래야 과자도 사 오고 명절빔도 해 주지."

예쁜이는 성이 와락 나서,

"아빠라고 불러 봐!"

아이는 눈을 꼭 감고,

"아니야, 아빠는 없어……."

사내는 골이 한층 더 났다. 예쁜이는 눈을 부릅뜨고,

"나가라, 이 계집애. 너 같은 것 길러 봤자 소용없다!"

사내가 할 말을 미리 앞질러서 그의 입을 막으려는 것이었다.
사내는 흥 하고 고개를 외로 꼰다. 예쁜이는 아이를 내밀쳤다.

"나가라, 이 계집애!"

아이는 문턱을 꼭 잡고,

"아빠!"

하니 소리 없이 흐르는 눈물이 샘솟듯 하였다.

"아비라는 소리 듣기 힘들다."

사내가 씩 돌아앉았다. 예쁜이는 웃으며,

"아직 철이 없으니까 그렇지요."

하고 변명하였다.

이렇게 사내와 딸 사이에 다리를 놓다가도 결국은 명구와 갈라
서고 말았다. 예쁜이는 밥 먹을 턱은 없고 하여 하는 수 없이 읍
에서 몇 고개 넘어가 무초리라는 곳에서 술장사를 시작하였다.

이러는 사이에 아이는 열 살이 되었다. 이제는 제법 물을 길어
다 밥을 곧잘 하였다. 그리하여 예쁜이는 술상이나 차리는 것 외

에 양 끼니때는 내다보지도 않았다.

인물 고운 새 술장수 났다더라, 소문이 나니 어느 놈이 다 불려 오는지 모를 정도였다. 그리하여 밤낮으로 장구 소리 그칠 사이가 없고 싸움하지 않는 날이 없었다.

예쁜이는 술만 취하면 둘러앉은 사내놈들에게 헛욕질을 대고 퍼부으며 보기 싫게 입을 벌리고 우는 것이었다. 그러고는 휘모리장단을 쳐서 사내놈들을 쫓아 버린 후 앞마당 풀 바탕에 털썩 주저앉아 고함을 치며 울었다. 옛날 둘째를 생각하였던 것이다.

딸은 어머니 팔을 부여잡고,

"오마니, 들어가자우. 남들이 욕해."

그는 목에 핏대를 올리며,

"욕하면 어떠냐, 개 같은 놈들. 내가 저희 덕에 산다더냐!"

한참이나 악설을 퍼붓다가는 금세 아리랑 타령을 스러져 가는 듯이 눈물 섞어 부르는 것이었다.

아침마다 아이는 어둑새벽에 일어나서 조그만 동이를 이고 물을 길러 갔다. 윗집 봉준 어머니는 마당을 쓸다가 어린것이 매일 아침 다니는 것을 보고 측은한 마음이 생겨서 자세히 보았다.

"아가, 춥지 않니?"

"아니요."

쳐다보는 그 눈은 별같이 빛났다.

"오마이 무얼 하니?"

"술 취해서 자고 있어요."

"응."

그는 머리를 끄덕이며,

"네가 밥하니?"

"네."

"용쿠나. 아가, 어서 가 밥해라. 그리고 우리 집에 놀러 오너
라."

"네."

돌아서 아장아장 걸어가는 아이의 뒷맵시를 한없이 바라보던
그는 즉각적으로 범상한 애가 아닌 것을 알았다. 그리고 탐스러
운 생각이 났다. 자기는 아들이 있으면서도 항상 알찌근한 마음
이 한편에 있었던 것이다.

동네에서는 그 부인의 과거를 아는 사람이 한 사람도 없었다.
다만 소년과 수로 유복자를 데리고 유족한 생활 속에서 남부럽
지 않게 산다는 것뿐이었다. 따라서 한낱 부인에 불과하나 남자
못지않은 수단이 있는 여자인지라 사람들은 맹목적으로 그를 존
경하고 있었다.

그 부인의 과거를 잠깐 이야기하고 지나가자. 이 부인의 기억

에 아직 새롭게 남아 있는 것은 자기는 사생아라는 것이었다. 그리하여 어떤 사람의 손을 빌려 평양 고아원에서 일곱 살까지 자란 후 다른 사람의 손을 거쳐 기생학교로 들어가게 된 것이다.

이리하여 기생학교를 졸업한 그는 나날이 소문이 퍼져서 십칠팔 세에는 평양의 유명한 예기 산호주 하면 모르는 사람이 없을 정도였다.

나면서부터 별난 그는 쓰라린 현실 속에서 다소 침착하여졌으나, 그 별난 구석은 여전히 좀 남아 있었다. 그리하여 누구든 초면에 그를 대하게 되면 다소 환멸을 느끼고 말 한마디라도 헛놓고 하다가는 번번이 콧방을 맞고 나서 몇 날 몇 달을 지내는 사이에 그의 엄연한 인격에 여지없이 굴복이 되고 마는 것이었다.

부호 자제들이 날마다 그의 무릎 앞에 꿇고 앉아 돈이나 기타 무엇으로든지 그의 마음을 사 보려고 갖은 모양을 다 피우나, 그가 넘어갈 듯 넘어갈 듯하면서도 아주 넘어가지 않는 만큼 그의 이름은 나날이 높아 갔던 것이다.

이러한 독특한 성격을 가진 그는 항상 혼자 있기를 좋아하였다. 그때에 본성이 발로되는 것이었다. 두 눈을 가만히 뜨고 끝없이 무엇인가를 생각하는 그는 평상시와는 딴판인 것을 엿볼 수 있었다. 어느 때나 위급할 때를 당하게 되면 고요히 마음을 가라앉혀 가지고 모든 것을 후회 없이 결정하는 것이었다.

그는 어디를 가든지 어떤 사람의 이야기를 듣든지 무심코 듣고 보는 적이 없었다. 그리하여 모든 것을 자신과 대조해 보고 끝없이 자기의 처지를 불만히 생각하였다. 따라서 장래라는 것이 눈물이 나리만큼 불쌍하게 보였던 것이다.

'어쩌면 나도 남과 같이 남편을 얻어 아들딸 낳고 재미있게 살아 볼 수 있을까? 에라! 생각하면 무엇하리, 나 같은 년이.'

나이가 한두 살 많아 갈수록 가슴에는 이러한 생각이 가득 찼던 것이다. 하지만 앞길은 갈수록 태산이었다.

그에게는 돈, 그것이 악마같이 생각을 키웠다. 그리고 알뜰한 인정, 그것이 안타깝게 그리웠다. '세상에는 사내가 많고 많건마는 어찌 이년에게는 사내 하나 태이지 않았담!' 그는 이렇게 탄식하고 남몰래 우는 적이 많았다.

그가 스물한 살 잡히던 때, 우연한 기회에 보기에도 초라한 어떤 고학생을 만나게 되었다. 그 후로 그는 자기도 모르는 사이에 사랑의 불길이 일기 시작하였다. 그리하여 그는 남몰래 학생의 하숙을 자주 방문하고는 하였다.

어느 날 여름밤 비가 느실느실 오기 시작하였다. 가슴을 졸이며 손님들을 억지로 쫓다시피 하고 보니 시간은 새로 두 시 반이었다. 그가 분주히 옷을 갈아입고 미리 약조한 곳으로 가 보니 학생이 기다리고 있었다. 그때 그는 감격에 벅찬 기쁨이 진하여 흐르는 눈물을 억제하기가 힘들었다.

"입때 기다리셨소?"

그는 학생을 만나면 어쩐지 수줍어지는 것이었다. 그리고 가슴이 떨리기 시작하였다. 그는 앞으로 슬금슬금 걸었다.

"그러믄요."

침묵 속에 그들은 걸었다. 이때 번개질을 시작하였다. 잔잔히 흐르는 물소리가 차츰차츰 가까이 들렸다.

"공부를 그만둘 테야요."

그는 놀라 어둠 속에서 학생을 바라보았다.

"무슨 말씀이세요?"

이렇게 묻는 사이에 돈 때문일까 혹은 나 때문일까 하는 의문이 일었다.

"공부고 뭐고 귀치않으니까요."

"특별한 사정이 있습니까? 숨김없이 저한테 다 말씀해 주십시오, 네?"

"별 사정은 없고 그저 모두가 귀치않고 당신……."

학생은 여기까지 말을 끊고는 잠잠하였다. 듣던 그는 반가우면서도 한편 겁이 났다.

"강수 씨, 당신은 그러한 번민으로 아까운 시간을 허송할 때가 아닙니다. 만일 당신께서 이 사람으로 인하야 공부를 치워 버린다면 단연코 당신을 가까이하지 않겠습니다. 그것만을 깊이깊이 알아주시지요. 그리고 앞으로 부족하나마 당신의 학비도 저의 힘이 미치는 데까지는…….”

그는 머리를 숙였다. 한참이나 말없이 걷던 강수는,

“고맙습니다!”

겨우 이렇게 대답하고 부끄럼을 느꼈다. 그리고 그의 고상한 말에 감복되었다.

그들은 송림 사이로 들어섰다. 강수는 어떤 소나무 아래에 앉으며,

“여기 앉으십시오.”

양복 겉저고리를 벗었다. 그는 분주히 도로 입혔다.

“모두 낡은 옷입니다. 새 옷이라면……. 이까짓 옷 버리면 어떻습니까?”

그는 강수 옆에 앉았다. 별안간 강수는 그의 손을 꼭 잡고,

“나를 그렇게까지 사랑하십니까?”

그는 잠잠히 강수의 가슴에 머리를 파묻었다. 번갯불이 번쩍했다.

이리하여 돌이라도 녹일 듯한 사랑이 계속될수록 반면에 산호주의 격렬한 후원은 강수의 용맹스러운 힘이 되고야 말았다. 하여 강수는 무사히 중학을 마치고 일본까지 건너가게 되었다.

애인을 보낸 산호주는 사내놈들의 단련을 받다 못해 어떤 때에는 매까지 맞는 때가 종종했지만도 온갖 모욕이 남편을 위해 하거니 하며 스스로를 위로하고 오히려 그들을 골라서 한 푼이라도 더 빼앗을 궁량만 하였다.

시간은 빠르다. 어느덧 형설의 공을 쌓아 가지고 그리운 고향으로 돌아온 강수는 평양 모 중등학교에서 교편을 잡게 되었다. 중화에서 강수의 부모가 아들의 뒤를 따라 평양성 내로 들어오자마자 아들의 혼사를 바짝 서둘렀다.

하여 강수는 산호주에게는 말 한마디 전함 없이 그곳 사립 모 여학교를 우수한 성적으로 졸업한 깨끗한 여학생과 드디어 약혼을 하더니 문밖 예배당 내에서 목사의 주례하에 성대한 결혼식을 치렀다.

바로 결혼식 열흘을 앞두고 산호주를 찾아온 강수는 아무러한 눈치도 그에게 보이지 않고 간 후 발길을 뚝 끊고 말았다. 소문을 들은 산호주는 새삼스럽게 놀라지는 않았으나 기대가 너무 컸다는 것을 얼핏 깨달았다. '세상은 그런 것이다!' 이 한마디로 오륙 년간 받은 상처를 눌러 버리려 하였다. 그러나 용이히 아물지 않는 그 상처는 마침내 그로 하여금 벙어리라는 별명까지 들게 하였다.

그는 손님 맞기를 싫어하고 불러도 가기를 싫어했다. 그저 방에 틀어박혀 끝없는 침묵 속에 별 신기맹통한 공상도 못 하면서 꽁하니 앉아 있었다.

어느 날 그는 모란봉에 올라 시원한 바람을 쐬었다. 잔잔히 흐르는 대동강 물도, 다정히 모여 앉은 능라도 수풀도 별 아름다움과 흥미를 그에게 주지 못하였다. 그저 그렇고 그럴 뿐이었다. 그는 스스로 생각해도 이상하였다. '이것이야말로 실연의 쓴맛인가? 무엇 때문에 내가 이럴까? 강수 때문에?' 딱히 강수 때문만은 아닌 것 같았다. 어쩐지 가슴속에 열이란 하나도 없고 스스로가 차디찬 송장같이 생각되었다. 그러면 세상을 버릴까 하는 최후까지 마음을 키워 보았으나 염증 나게 세상이 그리 썩 싫지도 않았다. 그저 그만그만하였다.

몇 사람이 지나치는 발소리가 들렸으나 그는 돌아보지 않았다. 한참 이러한 생각으로 시간을 보낸 그는 발길을 돌렸다. 그의 앞을 딱 막아선 사람이 있었다. 얼른 쳐다보니 강수였다. 한참 동안 강수를 쏘아본 그는 천천히 발길을 옮겼다.

"산호주, 잠깐만 기다리오."

그는 우뚝 섰다. 발갛게 상기된 그의 얼굴에는 느긋느긋함이 돌았다. 산호주는 머리를 돌렸다. 바짝 다가선 강수는,

"한번 집까지 가려는 중에 잘 만났습니다."

"네."

그는 머리를 끄덕이며 주춤 물러났다. 씨근씨근하는 강수의 숨
소리가 불쾌했던 것이다.

　　"용서하여 주시겠소? 물론 영리한 당신인 만큼 이번 일에 대하
여는 관서할* 것으로 믿습니다마는. 네, 용서하시지요. 환경이 나
로 하여금 그리 맨들었소마는, 그러나 당신만은 내가 어찌 잊을
수가 있겠소."

　　우두커니 서서 듣고 있던 그는,

　　"그러겠소."

　　"용서하는 거요? 나는 믿습니다."

　　"더 할 말 없지요?"

　　그는 다시 돌아섰다. 그리하여 천천히 내려왔다. 멍하니 바라
보던 강수는,

　　"산호주!"

하고 빽 소리를 질렀다. 그는 돌아보았다.

　　"전과 같이 나를 사랑하겠소, 안 하겠소?"

　　사랑이란 말을 들을 때 그는 웃음이 칵 쓸어나왔다. 그는 입을
틀어막고 한참이나 진토록 웃었다. 강수는 몸이 바짝 달아서,

　　"그새 다른 놈 붙인 것이로구나!"

---

*죄나 허물 따위를 너그럽게 용서하다.

하고 노려보았다. 그가 웃는 것이 무엇보다도 불쾌했던 것이다. 산호주는 쓸쓸한 코웃음을 던지고 집으로 돌아왔다.

그 후 몇 번이나 지나치던 길가에서, 혹은 요릿집에 불리어 가서 강수를 만나게 되었다. 여전히 그는 인사만 건넬 뿐 아무 다른 눈치를 보이지 않았다. 그럴수록 강수는 행여나 하여 그의 뒤꽁무니를 따라가 본 적도 있었으며 오밤중에 산호주 자는 방문을 두드린 적도 많았다.

몇 달이 지나자 산호주는 홀몸이 아닌 것을 발견하였다. 그리하여 어느 달 밝은 밤, 소리도 인적도 없이 진절머리 나는 평양을 벗어나 이곳으로 오게 되었던 것이다.

우선 그는 얌전한 집을 사고 논밭 합하여 십여 마지기를 샀다. 그리고 대강 한 세간살이를 마련하여 재미를 알아 갈 만한 때 해산하였다. 그가 원하던 대로 아들을 낳았다. 그는 처음으로 세상에 대한 애착심이 생겨났다.

어린것을 안고 들여다볼수록 신통방통하였다. 따라서 차츰차츰 차디차던 가슴이 따스한 모성애로 녹아내렸다. 어린 봉준은 매일 달라 갔다. 몇 달이 지나자 젖살이 포동포동 오르고 꽃송이 같은 입을 벌려,

"엄마, 엄마."

하였다. 빼빼 말라붙었던 그의 눈에서 감격에 넘치는 눈물이 흘

러 볼을 적셨다.

봉준이 자라날수록 그의 희망은 커졌다. 하여 살림살이를 어쩔
수가 없이 일감을 만들어 가며 잠시도 놀지 않았다. 일꾼을 데리
고 밭 몇 마지기를 손수 부쳤다. 그리하여 여름에는 농사 뒤치기
에 눈코 뜰 짬이 없이 바쁘게 지냈다. 그러나

"엄마!"

하는 소리만 들으면 힘든 줄도 모르고 악착같이 일하였다.

그러므로 동네에서도 이 부인을 흠모치 않는 사람이 없었다.
비록 농사하는 집일망정 깨끗하여 먼지 있는 것을 볼 수 없었으
며, 심지어 뜰 앞 구석에 박혀 있는 돌 한 개라도 사람의 발부리
에 차이지 않도록 자리를 잡아 놓는 일이며, 항상 손부리에서 노
는 호미, 괭이, 걸레, 비, 화로, 성냥갑, 바느질고리 등을 암질러
잃어버리지 않도록 급할 때 얼른 찾게끔 교묘히 정돈해 두는 것
이었다. 그러므로 성냥 한 개비조차 무단히 없애지 않고 실 한 바
람도 유효하게 썼다. 하여 점점 늘어난 가세는 매해 달라 갔다.

그러는 사이에 봉준의 나이 일곱 살이 되었다. 그는 분주히 그
곳 예수교 학교에 아들을 입학시켰다. 그 후부터는 아침이 되면
봉준이 책보를 들고 학교로 달아나는 것이었다.

그는 달아나는 아들의 뒤꼴을 물끄러미 바라보며 '저것을 사람
으로 맨들어 놔야 할 텐데……' 하고 생각할 때 어머니란 책임

이 무겁고도 막연함을 깨달았다.

　동네 새 술장수 집이 생긴 후로 잠잠하던 촌 동네가 뒤숭숭하게 되었다. 그러므로 술장수를 내쫓자는 사람으로, 덮어놓고 욕질하는 사람으로, 한동안은 그에게로 부산히 문안을 겸하여 노친네 젊은 부인네 들이 저녁이 되면 모여들었다.
　언제나 말 없는 웃음으로 그들을 대해 주면서 밤낮으로 우는 예쁜이의 정형이 그는 불쌍하였다. 따라서 그의 집 앞을 매일같이 지나다니는 예쁜이의 어린 딸은 연중에 탐스러웠다. 무엇보다도 딸의 꼭 다문 입술, 사려 깊은 듯한 눈은 장래가 있다는 것을 그로 하여금 연상케 하였다.
　이런 생각이 들수록 예쁜이에게 이 아이를 뺏어 올 마음이 들었다. 자기가 예쁜이보다 어머니로서의 모든 책임 이행이 낫다 해서 그렇다기보다는 영업이 영업인 만큼 그 어린 천진한 것에게 벌써부터 술 냄새와 사내놈들의 꼴을 보이는 것이 경험상 미루어 가엾다는 생각이 들었던 것이다.
　이리하여 그는 마당에 나왔다가도 아이만 뵈면 손짓을 하여 손목을 꼭 잡고 집으로 데리고 가서 밥이든 무엇이든 먹여 보내곤 하였다.
　아이는 눈만 뜨면 봉준 어머니가 보고 싶었다. 언제나 고요히 웃는 그의 눈, 항상 쓰다듬어 주는 흰 손, 그리고 가늘고도 부드러운 음성이 떠올랐다. 더구나 봉준의 고운 옷감을 끊어다 손수 만드는 모습이 무엇보다도 아이의 눈에 띄었던 것이다.

아이는 가만히 자기 어머니를 생각해 보았다. 구석구석이 때 묻은 옷을 내버려 두는 꼴, 그리고 술이나 마시는 꼴, 해종일 마시고는 사내놈들의 무릎과 무릎 사이로 옮아 다니는 꼴이 떠올랐다. 아이는 울고 싶었다. 아니 남몰래 우는 적이 많았다. 그는 쓰라린 현실로부터 이지(理知)가 엉뚱하게 발달했던 것이다.

아이는 틈만 있으면 봉준네 집으로 달려갔다.

"아가, 밥 먹었니?"

"네."

"더 먹지?"

"싫어요."

봉준은 공부한다고 책을 벌여 놓고 읽기도 하고 쓰기도 한다. 그는 봉준의 옆구리로 다가앉아 물끄러미 책을 들여다보았다. 봉준 어머니가,

"아기도 공부하고 싶으니?"

아이는 머리를 폭 숙였다.

"학교 가고 싶어?"

그가 손으로 아이의 머리를 쓰다듬었다. 그는 아이의 대답 없

음에 '아마도 아직 공부가 무엇인지 모르니까 그러나 보다.' 하고 생각하였다.

아이의 눈물이 그의 손에 떨어졌다. 그는 놀라 아이를 들여다보았다.

"어째 우니?"

아이는 아무 대답이 없었다.

"오마이한테 꾸지람 들었니?"

봉준 어머니는 너무 안타까워 아이의 목을 얼싸안고 그 눈을 들여다보았다. 봉준도 멀거니 바라보았다.

"아가, 말해라. 응?"

"학교 가고 싶어……."

아이가 울음 섞어 말하였다. 순간 봉준 어머니는 가슴이 쾅 하고 내려앉음을 느꼈다.

"오냐, 너도 물론 배우고 싶었을 테다. 내가 어리석게 네 마음을 몰랐구나!"

그의 눈에도 눈물이 괴었다. '이렇게 알뜰한 것을 왜 공부를 못 시켜 주나? 배우지 못함에 이 어린 가슴이 얼마나 안타까웠으랴.' 하고 생각하였다.

"아가, 내일부터 학교 가라. 오마이보고 물어보고, 학비는 내가 물어 주마, 응?"

그는 금세 눈물 괸 눈에 웃음기가 돌았다.

"오마이가 못 가게 하면……."

그는 애처롭게 아이를 바라다보았다.

"오냐, 내 말하마."

그 후부터 아이는 봉준네 집으로 아주 옮겨 가고 예쁜이는 사내놈을 달고 멀리 튀어 버렸다.

봉준 어머니는 아이의 이름을 옥이라고 지었다. 십여 살이나 먹도록 이름도 없는 한낱 생명에 불과했던 것이다.

봉준 어머니는 옥을 데려다 놓고 가지각색 옷을 맵시 있게 꽃밭침처럼 해서는 입히곤 하였다. 따라서 옥도 떠나간 어머니 생각은 아주 잊어버리고 말았다. 그러나 이따금 봉준이 툭 부러지게,

"가아, 너의 엄마한테로 가야."

하는 소리를 듣고 나면 어린 가슴이 찌르르 저리는 것이었다. 봉준 어머니가,

"봉준아, 나는 너의 엄마가 아니고 옥이 엄마다! 네가 나가라."

하고 웃지도 않고 가만히 쳐다보면,

"아니야, 엄마."

하였다. 그에게로 와서 안기려는 봉준을 물리치면, 봉준은 눈물이 글썽글썽해지면서 잠잠하였다.

"안 그럴 거지, 봉준아? 옥이도 이리 온."

그는 두 아이를 무릎에 앉히고 옛날 영웅 이야기 같은 것으로 짤막한 동화를 들려주곤 하였다.

옥이 열네 살 잡히고 봉준이 열한 살 나던 해 가을, 그는 감기에 걸려 십여 일 꼿꼿이 앓은 결과로 아주 세상을 떠나게 되었다. 그는 마지막까지 봉준과 옥의 손을 붙잡고 차마 눈을 감지 못한 채 가고 말았던 것이다.

임종 시에 바로 그는 애들의 선생인 김영철을 불러다 놓고 불쌍한 두 어린것들의 장래를 부탁하였다. 피가 흐르는 듯한 봉준 어머니의 간절한 부탁으로 무거운 짐을 어깨에 짊어진 영철 선생은 그 둘이 아플세라, 혹은 공부를 잘 못할세라 안팎으로 마음을 졸여 가며 무럭무럭 자라나는 그들을 보고 기뻐하였다.

유언에 따라 옥이 스무 살 잡히던 해에 그곳 예배당 내에서 그들의 혼례식은 끝이 났다. 시어머니의 본을 따라 옥은 세간 살림을 나무랄 여지가 없이 잘하였다. 남편인 봉준을 곧 평양으로 공부 보내고 혼자서 농사 뒤를 쳐 가며 남편에게 학비를 보냈다. 이리하여 동네에서는 입 든 이들에게,

"나 어린것이 용해."

이렇게 일컬음을 듣곤 하였다.

봉준이 평양서 공부를 마치고 일본으로 건너가자 영철 선생의 권으로 옥은 읍으로 이사를 하게 되었다. 무엇보다도 송화읍 내

예수교에서 경영하는 청년 학원에 그를 입학시키고자 함이었다.

그는 학교에 다니면서부터 공부에 재미를 붙여 밤잠을 못 자고서라도 남에게 뒤떨어지지 않으려 하였다. 그로 인해서 학교 선생들이 옥을 사랑하니 학생들에게는 질투심을 사게 되었다.

# 남편

　　남편이 동경으로 간 후부터 수상쩍은 행동이 한둘이 아니었으나 이러한 편지를 받기 전까지는 차마 그에 대하여 의심하지 못하였다. 편지가 온 후에도 '제가 셈이 없어 그런 거니, 철만 들면 어머님을 생각하기로서니 설마 그렇게까지 하랴.' 싶어 스스로 마음을 가라앉혔다.

　하나 며칠에 한 번씩 오는 편지에서 남편은 돈 보내라는 것 외에 어서 이혼하고 당신도 다른 남편 얻어 살라는 충고 비슷한 형식을 취하며 협박하는 것이었다.

　그간 좋게만 해석하던 옥도 여기에서 마음이 흔들리기 시작하였다. 하여 그 잘하던 공부도 차츰차츰 뒤로 밀어내며 밤이면 꼬박 일어앉아 새우는 일이 점증하였다. 자기를 생각하여서 그러는 것보다는 나 어린 남편의 장래를 위하여 어떻게 하면 편하게 남편 마음대로 살게 해 줌과 동시에 남편의 일생을 행복스럽게 만들어 줄까를 생각하여서 그러는 것이었다. 자신의 신세를 망친다 하더라도 남편이 행복하다면 어떠한 일이라도 감행할 것 같았다.

옥은 바느질고리를 앞으로 당겨 놓고 일감을 들었다. 그러나 바늘을 거의 무의식적으로 놀릴 뿐이고, 벌써 왔어야 할 남편이 아직 아무런 기별 없이 잠잠하니 기막힐 노릇이었다. 하여 혹은 중로에서 무슨 남다른 일이나 만난 것은 아닌지, 혹은 동무 집에 들러 중참을 먹는 것은 아닌지, 하는 생각으로 머리가 뒤숭숭했다.

앞을 바라보니 조그만 거미 한 마리가 조르르 내려와 바느질고리로 떨어지더니 또다시 줄을 거두어 천장으로 올라간다. 그는 물끄러미 올려다보며 '거미가 내려오면 반가운 손님이 온다는데…….' 하는 생각을 하며 일어났다.

뜰 앞 포플러나무 가지에서는 매미 소리가 요란스럽게 난다. 옥은 가만히 가만히 밖으로 나가서 나뭇가지를 살펴보았다. 매미가 푸르릉 하고 날아갔다. 숨이 막히도록 햇빛이 내리눌렀다.

옥은 골방 문 앞으로 갔다.

"나무 또 하러 가겠나?"

"가지요."

기성이 일어났다.

"그만두게. 그러고 차부에 나가 보게."

"오늘은 꼭 오시나요?"

기성은 매일같이 냄새나는 차부에 나가 우두커니 섰기가 열없었던 것이다.

"글쎄. 나가 보게나. 늘 나가다가 오늘따라 안 나가는 날 마침 오신다면 여지 나가던 보람이 없어지지 않겠나?"

기성은 마지못하여 옷을 툭툭 털고 어정어정 걸어갔다. 그리 마땅치 않은 꼴이었다.

"어서 빨리 가 보게!"

그는 소리치고 나서 안방으로 들어갔다.

밖에서 기성이 가방을 들고 뛰어 들어온다. 순간 그의 가슴이 쿵, 하는 소리가 그의 귀에도 확실히 들렸다.

"주인님 오십니다."

기성은 아까와는 딴판으로 엉덩춤을 추며 지게를 지고 밖으로 나간다.

그는 몸 둘 바를 몰라 두루두루 살펴보다가 부엌으로 나갔다. 왠지 가슴이 울렁울렁하기 시작하였다. '행여나 지금 들어오면 어쩌지? 어쩌기는 무엇을 어째?' 이렇게 생각하며 피식 웃었다. 그러나 여전히 뒤숭숭하였다. 눈앞으로 아무것도 보이지 않았다. 똑딱똑딱 시계 소리를 따라 점점 가슴만 답답할 뿐이었다. 그는 땅이 꺼지도록 한숨을 내쉰 후 가만히 일어났다.

구두 소리가 나자 남편이 들어왔다. 남편은 댓돌로 성큼 올라서서 방을 들여다보며,

"옥 씨, 어디 가셨소?"

부엌 뒷문에 비껴선 옥은 눈앞이 캄캄해지면서 땅속이라도 퐁당 들어가면 좋을 것 같았다. 이때처럼 자신이 무겁고 귀찮을 때는 처음이었다.

기성은 지고 온 고리짝을 내려놓고 땀을 씻으며 부엌으로 들어왔다.

"점심 어떻게 하나요?"

옥은 머리를 돌렸다.

"한 그릇 시켜 오게."

말소리가 들리자 봉준이 부엌 샛문을 열고 들여다보았다.

"옥 씨, 안녕하셨댔소?"

그의 얼굴빛은 아주 담홍빛으로 변했다. 기성은 옥을 한 번 더 쳐다보고는 빙긋이 웃으며 밖으로 나갔다.

"어서 이리 들어와요. 왜 그러고만 있소? 반갑지 않아요?"

그가 묻는 말에는 그리 탐탁히 굴지 않던 사람이 이번에는 아주 딴판이었다. 그럴수록 옥의 가슴은 점점 더 의문으로 꽉 찼다.

국수 그릇이 들어오자 그는 상을 차려 기성에게 내밀었다. 기

성은 상을 받아 들고 안으로 들어갔다. 뒤이어 남편이 나왔다.

"여보, 옥 씨. 들어와요."

남편이 옥의 등을 밀었다. 그는 안타깝게 얼굴이 확확 달았다.

"어서 들어가세요."

남편이 벙글벙글 웃으며,

"같이 들어가야 합니다."

그는 하는 수 없이 방으로 들어갔다.

남편은 상을 들어 옥의 앞에 갖다 놓고,

"기성이, 공기 들여오게. 빈 그릇이라야 잘 알아듣겠군. 여보게, 빈 그릇 들여다 주게."

남편은 빈 그릇을 받아 국수를 덜어 자기 앞에 놓았다.

"같이 먹읍세다, 우리."

남편이 그의 손에 저*를 들려 주었다.

"금방금방 먹었어요."

"먹기는 나도 먹었소. 하 권할 때 못 이기는 척하고 들구려."

옥은 그가 하는 대로 내버려 두었다. 입이 꽤 썼다. 남편은 얼른 먹고 저를 놓았다.

"잘 먹었습니다, 옥 씨."


*젓가락.

그도 남편을 따라 저를 놓았다.

"요새 방학했지요? 당신네 학교도!"

"네."

"공부 재미나요?"

"그렇지요, 뭐."

"김 선생님 늘 오셨소?"

"네."

남편은 벌떡 일어나서 양복을 훌훌 벗고,

"기성이, 고리 *끄르게!*"

하더니 분주히 달려가서 고리짝을 벗기고 가로세로 줄진 하오리\*를 내어 입었다. 멍하니 바라보던 옥은 속으로 '저것은 또 무엔고?' 하였다. 어쨌든 남편이 하는 것은 다 좋아 보였다.

남편은 껍두기\*\*를 신고 마당으로 나갔다.

"여보게, 기성이! 자네, 다락 지을 줄 아나?"

기성은 이상하다는 듯이 주인을 자세히 훑어보았다.

"글쎄요, 지으면 짓겠지요."

"그렇지, 자네쯤 해서 다락 못 짓겠나?"

---

\*일본 전통 의상 기모노 위에 입는 짧은 길이의 겉옷.
\*\*'나막신'을 속되게 이르는 말.

남편은 벙글벙글 웃으며 포플러나무 아래로 갔다.

"여기다 짓게. 빨리 지어야 하네. 정, 울짱 있나?"

"좀 있지요."

"잘되었네. 어디 있나?"

복술이가 밖에서 들어오더니 컹컹 짖었다. 남편은 복술이를 어루만졌다.

"강아지가 이렇게 컸나?"

남편이 마루에서 고리를 뒤지고 있는 옥을 쳐다보았다. 밤낮으로 쓰다듬어 기른 복술이를 남편이 어루만질 때 옥은 가슴이 오싹해짐을 느꼈다.

기성은 울짱을 한 아름 안고 뜰 안목 쪽으로 나왔다. 그리하여 구렁을 파고 기둥 네 개를 세웠다. 기성이 땀을 씻는 동안 봉준은 괭이를 잡았으나 헛괭이질만 하였다.

"것도 못 하겠네그려. 자네 용허이."

기성은 허허 웃었다. 이리하여 봉준은 잔심부름을 얼른얼른 시켜 해 질 녘에 겨우 다락을 다 지어 놓게 했다.

"수고 단단히 했네. 고맙네."

남편은 부엌으로 뛰어들어 개숫물에 손을 씻으며 웃었다.

"저 봐요, 옥 씨!"

옥도 남편을 따라 웃었다.

"좋지요? 기성이 밥 많이 주."

남편이 기성을 쳐다보고 빙긋이 웃었다.

그들은 어리둥절해졌다. 따라서 어림상은 없어지고 떨리던 옥의 가슴도 적이 가라앉았다.

저녁상을 물린 그들은 봉준의 권으로 다락에 올라앉았다. 남편은 손끝에 노는 기구를 전부 다락으로 옮겼다. 그들은 멍하니 바라볼 뿐이었다.

남편이 바이올린을 내어 켰다. 무슨 곡조인지는 몰라도 어쩐지 처량하게 들렸다. 남편은 시원치 않은지 이번에는 하모니카를 내어 불었다. 어깨까지 들썩들썩하였다.

모든 것에 능통한 남편을 바라보는 옥은 속으로 '어머님이 계셨더라면 얼마나 기뻐하시랴.' 하고 남모르게 눈물을 흘리는 것이었다.

기성은 두 눈을 똑바로 뜨고 봉준의 몸세 놀리는 대로 따라 움직였다. 하모니카 부는 것도 싫증이 난 봉준은,

"자리 올려다 주우."

그제야 기성은 제정신이 들었는지 후닥닥 일어나 다락을 내려갔다. 뒤를 이어 옥도 내려가 자리를 올려 주었다.

"옥 씨, 편안히 주무시오. 나 위해 오늘 수고 많이 하였소."

이튿날 늦게 일어난 남편은 다락문을 열고 부스스 나왔다. 미

리 떠다 놓은 세숫물에 세수를 하고 다락으로 올라가서 한참 후에 나오는 그의 얼굴은 한층 더 환해졌다. 그가 밥상을 놓고 마주 앉으며,

"옥 씨도 잡수어야지요?"

"먹었습니다."

남편은 몇 술을 뜨는 듯하더니 상을 물리었다.

"오늘 주일날이지요?"

"네."

남편은 양복으로 바꾸어 입고 연해 면경에 자기를 비춰 보았다.

"기성이, 다락에서 솔 들여다 주게."

기성이 가져다준 솔을 받아 남편은 위에서부터 아래로 양복을 내리쏠었다. 햇빛에 떠다니는 먼지는 오색으로 빛났다.

"예배당에 갑시다. 당신, 예수 잘 믿지요? 그래서 나 위해 기도 많이 하신댔지요?"

옥의 얼굴은 빨개졌다. 오밤중에 일어나 눈물을 머금고 쓴 편지 일면이 눈앞에 빤히 나타나는 것이었다.

"그래서 나도 예수를 진실히 믿게 되었지요그려."

남편은 빙긋 웃으며 밖으로 나갔다. 남편이 나가는 뒤꼴을 물끄러미 바라본 그는 '빠른 것은 세월이다!' 하고 생각하였다.

재종 소리에 놀란 그는 분주히 옷을 갈아입고 밖으로 나가서

부엌문을 걸고 사랑문을 들여다보며 기성에게,

"집 잘 보게."

하고 사립문을 지치고 골목 새로 빠졌다. 복술이가 뒤를 따랐다.

예배당 가까이 가자 우렁차게 울려 나오는 찬미 소리가 들렸다. 그는 안으로 들어서며 '참으로 남편이 왔을까?' 하는 호기심으로 남자 방을 힐끔 쳐다보았다.

"왜 언니 늦게 오시우?"

옥의 손을 꼭 잡아 제 곁에 끌어 앉히는 학생을 바라보니 상애였다. 뒤따라 학생들이 눈으로 옥에게 인사를 건네었다.

그가 자리에 앉자마자 상애는,

"숙희라는 여자 왔어."

하고 가만히 말하였다.

"어디?"

그의 가슴은 호기심에 들떴다.

"언니 뒤, 네 사람 건너서."

이번엔 상애가 입을 가리고 말하였다.

그는 조심히 돌아보았다. 트레머리 한 얌전한 처녀들이 가지런히 앉아 있었다. 순간 그는 일종의 질투 비슷한 감정이 떠올랐다.

"어때?"

"곱구나."

"곱기는 무어 고와? 그렇게 치장해서 안 고울 년이 어디 있담? 정, 신랑도 왔겠시다리?"

"응."

"반가워?"

"그렇지."

그는 의미 있는 웃음을 짓고 나서 찬송을 불렀다.

예배를 다 마치기까지 옥은 불편함을 느꼈다. 남편과 숙희가 번갈아 떠올랐다. 그에 따라 점점 자신은 아무것도 아니란 생각이 들었다. '그들은 많이 알고 쓰기도 잘할 터이지? 나도 배우면 되겠지.' 이리하여 겨우 마음을 가라앉히는 사이에 벌써 예배가 끝났다.

욱욱 밀려 나가는 사람들 틈에 섞여 그는 두 여자의 가는 뒷맵시를 바라보았다. 날씬한 허리, 알맞은 키와 샛노란 구두, 하얀 팔뚝에 비치는 손목시계.

누군가 등을 툭 치매 돌아보니 기순이었다.

"언니 남편도 왔구려?"

그는 저편을 바라보았다. 남편이 두 여자의 가는 뒷맵시만을 뚫어지도록 쳐다보고 있는 것이었다. 순간 얼굴이 화끈 달았다. '그렇겠지!' 이렇게 속으로 부르짖었다. 남편이 어째서 이곳까지 오려 했는지 잘 알게 되었다. 뒤따라 전신에 맥이 탁 풀리고 앞이 캄캄하였다.

"언니, 오후에 또 오지?"

"글쎄."

이렇게 맥없이 대답하고 그는 집으로 돌아왔다. 벌써 복술이가 앞장섰다. '나한테는 복술이밖에 없다.' 하고 생각하니 눈물이 툭 비어졌다.


"얼마나 기쁘냐?"

남편과 영철 선생이 마주 앉았다.

"방학하고 곧 내려오지 무얼 하기에 여직껏 있었담? 옥이가 얼마나 기다렸는지 모른다네."

선생이 빙긋이 웃어 보였다.

"글쎄올시다. 동무 집에서 붙잡아서……."

옥은 윗방으로 가서 옷을 갈아입은 후 부엌으로 나갔다.

"자네 이번 학비를 전보담 많이 썼지? 될 수 있는 데까지 절약해 쓰게."

돈 이야기를 꺼내면 언제나 남편은 듣기 싫었다.

"조선과 달라서……."

"음, 그런 줄은 잘 아네만……. 내장골 논을 또 팔아야겠네."

"팔지요."

남편은 선생을 쳐다보았다.

"지금 곧 팔게 하지요."

철없이 덤벙대는 봉준을 물끄러미 바라본 선생은 난처하였다.

"아무 때나 파나? 내일모레 벼 베는 날인데……. 늦은 가을쯤 가서 내어놓겠네. 아껴 쓰도록 하게."

남편은 벌떡 일어나 왔다 갔다 하더니 마루로 나왔다. 발밑으로 산뜻한 쾌감을 느끼며,

"무얼 하시우?"

옥의 이마 끝에 땀이 송골송골 맺히고 불빛에 두 볼이 빨개졌다. 첫눈에 '과연 미인이다.' 하고 봉준은 속으로 중얼대었다.

옥은 땀을 씻으며,

"점심하지요."

"여보, 그만두. 더운데 시원하게 국수나 사다 먹고 말지. 어서 들어오우."

점심을 먹은 봉준은 방에 앉았기가 어째 불쾌하였다. 그는 모자를 들고 일어났다.

"참, 지독히 덥군."

이렇게 혼잣말로 중얼거린 후,

"저는 놀러 나갑니다."

하고 나가 버렸다.

"이번엔 좀 나아진 것 같으네, 자네께 구는 것이."

옥은 잠잠히 머리를 숙였다.

"그렇지 않나, 말하는 것이나?"

선생은 머리 숙인 그의 얼굴을 들여다보았다. 그는 두 볼을 붉힘으로 대할 뿐이었다.

"논은 팔기로 했네. 봉준이까지 팔라니까."

"네? 팔라고 합데까?"

감추었던 설움이 왈칵 쏠어나왔다. 선생은 한숨을 쉬며,

"돈을 들이면 돈이 나오겠지, 그렇지 않나? 어쨌든 하던 공부는 마쳐야 하니까……."

언지를 못 얻어 잔뜩 들이켰던 눈물이 좍 쏟아졌다. 선생도 마음이 언짢아졌다. 한참이나 묵묵하니 앉았던 선생은,

"우는 것으로 일 치우겠나. 그런데 봉준이 말을 들으니 오는 봄에는 자네도 서울로 다리고 가겠다대?"

그는 귀가 번쩍 뜨였다.

"내 그것만은 잘 생각했다고 하였네. 이곳에 박혀 앉아 있다가는 결국 자네만 속을 일일세."

옥도 그럴 거라고 생각했다. 그런데 남편이 어떻게 자기를 공부시킬 마음을 먹었을까? 여기에서 실낱같은 희망이 붙었다. 그러나 점점 패하여 갈 가세 형편이 무엇보다도 감감했다.

"하나 공부하기도 어려운 판에 저까지 올라가면 아주 못살게 되게요?"

"하여간 가는 데까지 가 보세구만. 몇 해 후 제가 졸업할 터이니 그때에는 무슨 수가 나겠지."

선생은 이렇게 쓸어치고 말았으나 역시 걱정이 안 되는 것은 아니었다. 그렇다고 옥이 이곳에서 살림살이나 맡아 엄벙덤벙 지내다 공부 없다고 봉준에게 차이든지 하면 그 역시 난처한 일이었다. 그러므로 우선 둘 다 공부를 시킨 후 나중 문제는 저희끼리 해결하더라도 지금은 옥으로 하여금 여한이나 없게 하자는 것이었다.

선생은 일어섰다.

"자네의 한 번 생각에 달린 것일세. 몇 달 동안 꾸준히 생각해 보게."

옥은 선생을 따라 문밖까지 나갔다. 높았다 낮아지는 잠자리의 날갯짓 소리가 은은히 들렸다.

밤이 되면 옥은 한숨도 못 잤다. 전에는 남편이 오면 낫겠거니 하고 기다렸는데, 남편이 막상 오고 보니 말 못 할 새 설움이 한 가락 더해졌다.

남편 역시 번민하는 모양이었다. 낮이나 밤이나 오래오래 쏘다니다가 얼근히 취하여 벼락 치듯 다락으로 기어 올라가서는 목

을 놓고 종종 우는 때가 있었다. 그리하여 옥은 까닭도 모르고 다락 주위를 빙빙 돌다가는,

"어째 우시우?"

하고 떨리는 손으로 다락문을 열었다.

그는 문을 쿡 닫으며,

"당신이 참견할 일 아니오!"

그는 부끄러움과 노여움이 일시에 폭발하여 가슴을 짓누르는 것 같았다.

그는 몇 번이나 발길을 돌렸다가도,

"에라! 아직 철없어 저러는 것이겠지. 돌아가신 어머님을 생각하고 참자!"

이렇게 중얼거리고 방으로 뛰어 들어갔다.

뒷문 사이로 흐르는 차디찬 달빛이 옥의 얼굴을 한층 더 새하얗게 만들어 주었다. 그는 애꿎은 뒷문을 발로 차 열고 발을 늘어뜨렸다.

울바자 울짱과 울짱 사이에 걸린 거미줄이 달빛에 빛났다. 길같이 들어선 감탕나무, 칡넝쿨같이 엉킨 호박 줄기, 별같이 빛나는 박꽃, 이 모든 것이 고요히 잠든 듯하였다.

그는 벌떡 일어나 밖으로 뛰어 나갔다. 그리고 마루에 털썩 주저앉았다. 방보다 훨씬 시원한 맛이 있었다.

몇 시간 후에 다락문이 열리자 남편이 셔츠 바람으로 기어 나왔다. 그는 전신에 냉수를 끼얹은 듯한 쾌감을 느끼며 부끄러움이 앞을 칵 막아쳤다.

나막신 끄는 소리가 들렸다. 이리로 향하여 오는 것만 같았다. 한참 후에 또 신발 소리가 났다. 뒤이어 다락문 여는 소리가 들렸다. 그가 최후 용기를 다하여 바라보는 순간 남편의 흰 발목이 천천히 다락 안으로 들어갔다. 그는 얼결에 우뚝 일어섰다. 미친 듯이 마루 기둥을 얼싸안고 돌았다.

한참이나 정신없이 돌던 그는 나중에는 기운이 진하여 마룻바닥에 쿵 하고 엎어졌다. 갈가리 흩어진 삼단 같은 머리카락 사이로 빛나는 흰 볼이 아담스러웠다.

잠꼬대하느라 깽깽하던 복술이가 쿵 소리에 놀라 툭툭 털고 일어났다.

한참 후에 선뜩선뜩함이 느껴져 가만히 정신을 차려 보니 복술이가 그의 얼굴을 내리 핥고 치핥으며 깽깽하였다. 순간 흰 발이 문득 떠올랐다. 그는 이를 부드득 갈고 일어났다. 복술이를 껴안고 멍하니 하늘을 올려다보았다. 달이 포플러나무 가지에 비스듬히 걸려 샐쭉샐쭉 웃는 듯하였다.

그는 머리를 푹 숙이고 복술이를 놓아 주었다. 산뜻한 바람이 볼을 스치자 전신에 산뜻함이 느껴졌다. 그는 일어서 방으로 들어서자 매시근하니 잠이 푹 들었다.

옥은 며칠 전에 빨래질한 남편의 셔츠, 칼라, 넥타이, 양말 들을 차곡차곡 얌전히 꿰맬 것은 꿰매고 하여 고리에 개어 넣었다.

"언니, 무얼 하시우?"

발을 들치는 소리가 들렸다. 그가 바라보니 기순이었다.

"올라오너라. 용히 우리 집에를 다 오는구나. 어서 올라와."

"아무도 없지?"

"그래, 누가 우리 집에 있겠니?"

"그런데 다락은 언제 지었소?"

"요즘 지었다. 좋지?"

그는 빙긋이 웃었다. 기순이 마루로 올라앉았다.

"언니, 숙제 다 했소?"

기순은 방으로 들어가 책상 쪽으로 다가갔다.

"야, 숙제가 다 무어냐! 넌 다 했겠구나?"

"언니두…… 나 같은 것이 벌써 숙제를 다 했으면…… 정말 공부 잘한다고 하게? 언니 신랑도 쉬이 가겠구려?"

"글쎄, 가겠지."

옥은 밖으로 나가더니 바구니를 들고 들어온다.

"어제 십 전어치 산 것인데 퍽 달더라."

"이제 점심 먹고 왔어요."

그는 노란 참외를 들고 껍질을 벗긴다. 기순은 혼자서 상긋상긋 웃더니,

"언니, 이번 숙희라는 여자 자세히 보았지?"

옥이 주는 참외 쪽을 받아 든다.

"보았지."

말만 들어도 가슴이 선뜩하였다.

"왜?"

그를 쳐다보았다.

"무슨 말 들은 것 있는데. 말할까, 말까?"

남편에 관한 것임을 직감하자 호기심에 간질간질하였다.

"말하렴."

"언니, 골 안 낼 테야?"

"왜, 무슨 말이기에 그러니?"

"그만두겠소."

그리고 참외를 깨물었다. 옥은 바짝 다가앉았다.

"어서 하려무나. 조롱만 하고 마니? 내 언제 골내는 것 봤니?"

"그래두……."

기순은 그를 똑바로 쏘아보았다. 그리고 자주자주 밖을 내다보았다.

"이따 저녁에나 온다. 마음 놓고 놀라우."

"언니야 뭐, 미리 알았겠지."

"무슨 말인지 하려무나."

그는 음성을 낮추었다.

"숙희라는 여자의 뒤를 늘 따라다니며 매일 편지하다시피 한대. 그래서 이번도 동경서 오기는 벌써 왔는데 서울서 따라다니느라고 그렇게 늦게 왔다두만."

기순이 말끄러미 옥을 쳐다보았다. 그가 예측한 바와 비슷이 들어맞았다.

"누가 그러던?"

"언니두, 누가 그러던 것까지 내가 말할 것 같애?"

"말하면 어떠냐?"

"그래, 숙희가 이리로 왔더니 분주히 따라왔다지?"

이 말에 그는 불쾌함을 느꼈다. 약간 미소를 띠고 언짢은 빛을 가리려 하였다.

"알 수 없지. 아내인 내가 눈치도 못 챘는데 다른 사람이 어찌 알꼬?"

"그래, 어느 날 몰래 떠나겠다는 소리를 들었어. 따라다니는 게 너무 귀찮아서."

기순은 남편을 싸고도는 옥이 미웠다.

"숙희란 여자가 얼마나 잘났는지는 몰라도 우리 그이가 그렇게까지는 아니할 게다. 그건 다 너희들 수작이지."

그는 남편을 깎아내리는 것이 곧 싫어졌다. 기순은 웃으며,

"봐, 저렇게 성을 내니까 내가 얼른 말할 수가 있나."

그도 따라 웃으며,

"성이 아니라 글쎄, 들을새 짐작이 아니냐?"

"무얼 언니두, 너무 싸고돌지 말아요."

기순은 참외 꼭지를 바구니에 던지고 나서 수건으로 입을 씻는다.

"에, 배불러."

기순은 책상을 뒤적거려 과제장을 내어놓고 벌컥벌컥 뒤져 본 후 일어섰다.

"어째서 일어나니?"

"내일 과제장 가지고 와. 어디 가던 길이야."

기순을 보낸 그는 기운 없이 앉아 있었다. 모든 것이 사실일 것이다. 그리고 생각하니 남편이 그지없이 불쌍하여졌다.

저녁을 먹고 나간 남편은 아홉 시쯤 하여 뛰어 들어와 휘휘 둘러보더니,

"기성이!"

하고 찾으나 대답이 없었다. 남편은 부엌으로 가더니 새끼를 한 아름 안고 들어와서 구석구석에 놓인 고리를 끌어당겨 꽁꽁 매

었다.

물끄러미 바라보던 옥은 '내일이나 가려나 부다.' 하고 생각할 때 울음이 칵 쏠어나왔다.

남편은 다 동인 고리를 가지고 밖으로 나가 자전거 위에다 실어 놓았다. 그리고 다락으로 올라가 한참이나 버석버석하더니 얼른 양복으로 갈아입고 내려왔다.

"옥 씨, 나 갑니다."

뒤이어 자전거 소리가 들렸다.

옥은 전신이 매시근해지며 정신이 까뭇해지는 것 같았다. 그는 용기를 다하여 따랐다.

"어디, 어디 가셔요?"

"동경 가지요."

여름내 참았던 분이 울컥 치밀었다. 하여 남편에게 매달렸다.

"여보소, 당신 몸에 해롭습니다. 당신은 어머님의 외아들이 아닙니까."

봉준은 사정없이 옥을 밀쳐 버리고 자전거에 올라 바퀴를 스륵스륵 굴렸다. 옥은 미친 듯이 그의 뒤를 따르다 기진하여 풀숲에 푹 고꾸라졌다.

# 세 친구

재일은 늦게 일어났다. 하여 세수도 하기 전에 원선의 하숙을 찾았다. 원선은 새로 깐 다다미에 앉아 비스듬히 책상 편을 의지하여 책을 보고 있었다. 산뜻한 아침 햇살에 그의 얼굴은 한층 더 윤택해 보였다.

"여보게, 벌써 책인가?"

그는 빙긋이 웃으며 아까보다 더 빨리 줄을 타 내려갔다.

"그만두게, 밤낮 책만 들고……."

재일이 책을 뺏으려 하였다. 그는 책 든 손을 물리며,

"마저 보아야겠네. 잠깐만 기다리게."

재일은 후다닥 일어났다.

"가겠네."

그제야 그는 책을 놓으며 눈을 비비치고 바라보았다.

"놀다 가게나."

"아니. 나 밥 안 먹었어. 봉준 군과 놀러 오게나. 재미있는 일이 있어."

어차피 잘되었다 하고 책을 들었다. 예정한 페이지까지 보고 난 그는 책을 덮고 기지개를 켰다. 그리고 어젯밤 봉준에게서 들은 말을 다시금 되풀이하여 생각해 보았다. 뒤따라 자기의 막연한 장래가 새삼스럽게 걱정이 되었다.

"난처한 노릇이지!"

그는 천장을 올려다보며 이렇게 외쳤다. 봉준의 처지에서 보면 딱 잘라 이혼을 하라고도, 하지 말라고도 못 할 형편이었다. 이것이야말로 자신이 스스로 해결 지어야지 제삼자로서는 어림할 일이 아닌 것 같았다.

신발 소리가 들렸다. 그는 누구인지 뻔히 알고 이때껏 하던 생각을 치워 버렸다.

"칩지 않은가?"

그는 벌떡 일어나 앉으며 문을 닫았다.

"앉게."

봉준은 맥없이 주저앉았다.

"편지가 또 왔네그려."

봉준이 두툼한 누런 편지를 원선에게로 내쳤다. 그는 받아 들었다.

"보았나?"

이렇게 묻고 나서 편지를 꺼내어 읽기 시작하였다. 다 읽고 난 그는 한숨을 푹 내쉬었다.

"불쌍하지?"

봉준은 원선을 쳐다보았다. 그는 한참이나 묵묵히 있었다.

"난처하지. 세상일이 왜 그런가?"

봉준은 머리를 숙이며 눈물을 글썽거렸다. 이런 편지를 받을 때마다 동정하지 않을 수가 없었던 것이다.

차라리 옥이 먼발치로 친족 관계가 된다든지 하면 얼마나 다정한 사이였을지 몰랐다. 그러나 사랑하는 사람으로서는 도저히 못 받아들일 일이었다.

"내 누님이라면 얼마나 좋겠나?"

외로운 만큼 누님이라는 명사에 눈물이 날 만큼 감격스러웠다.

원선은 봉준의 안타까워하는 모습을 바라보면서도 뭐라고 위로할 말이 생각나지 않았다.

"숙희, 오, 숙희 씨! 나는 숙희 씨가 없이는 못 살 것만 같애!"

봉준의 눈에 불이 붙었다.

"너무 감상적으로 나가지 말고 이왕이면 좀 더 자네 마음을 기다려 보게. 행여 나중에 사이좋은 부부가 될지 누가 아나?"

그는 머리를 흔들었다.

"그리된다면 나는 좋겠네마는……. 어림도 없는 소리."

봉준은 문 쪽을 보며 무슨 생각을 하는 듯하더니,

"자네, 숙희 씨와 친한 사이라지?"

"친하다는 것보담두 그저 아는 사이지."

원선은 편지를 도로 돌려주었다.

"불쌍하네, 옥 씨가."

'그저 아는 사이지.' 하고 쓸어치는 원선이가 능글능글해 보였
다. 차라리 솔직히 말하여 주었으면 어떨까 싶었다.

"그렇게 진심으로 불쌍히 생각하나? 다만 한 마디를 하더라도
참으로 하여 주게, 참으로!"

원선은 어이가 없어 아무 말도 나오지 않았다.

"여러 소리 말고 재일 군한테나 가 보세."

"흥! 혼자 가게나!"

봉준은 벌떡 일어났다. 원선도 따라 일어났다.

"왜 또 그러나?"

그는 봉준의 손을 잡았다. 따뜻하였다.

"자네, 요새 바짝 더해졌네그려. 병원에라도 가 보아야겠네."

그가 근심스러운 듯이 들여다보았다.

"자네 가고 싶은 곳으로 가세구마. 그리 역정 낼 것이 무언가?"

봉준도 실은 재일을 찾고 싶지 않았던 것은 아니나, 치솟는 감정으로 인하여 이렇게 말하였던 것이다. 하나 그의 따뜻한 손맛 때문에 절반 이상 골이 풀린 데다 이렇게 다정스레 말하는 것을 듣고 그마저도 스르륵 풀리고 말았다.

"가세, 재일 군한테."

봉준의 눈물 고인 눈에 웃음기가 돌았다. 원선도 따라 웃고 집을 나섰다.

골목을 돌아선 봉준은,

"여보게! 저기 오는 것이 숙희 아닌가?"

하고 손짓하며 바라보았다. 조선 여학생 둘이 가지런히 걸어가고 있었다.

"아닐세, 원……."

숙희인데도 자기에게 숨기는 것 같았다. 봉준은 분주히 앞서가서 알아보고야 안심이 되어 돌아왔다.

"아니데."

번번이 그를 의심하다가도 곧 의심이 풀려서 난처한 자신을 도리어 불쌍하게 보았다.

그들이 재일의 하숙집 문을 열었을 때 첫눈에 책상에 놓인 파란 꽃봉투가 보였다.

그들이 앉자마자,

"편지 보게. 우리 숙희가 자네한테 한 것일세."

재일이 원선에게로 편지를 던졌다. 번연히 봉준을 놀리려고 하는 말인 줄 알면서도 다소 가슴이 울렁거렸다.

"쓸데없는 소리 말게!"

그는 정색을 하여 보였다. 재일은 슬쩍 웃으며 봉투에서 사진을 꺼냈다.

"편지 보기 싫으면 사진이나 보게."

재일이 원선에게 사진을 내주었다. 그는 사진을 받아 들고 한참이나 보더니,

"올해는 더 부해졌네그려."

하고 봉준에게 건넸다. 그는 사진을 받아 들자 얼굴이 빨개졌다.

"아내 있는 사람은 처녀의 사진이 필요치 않을걸?"

봉준은 못 들은 체하고 언제까지나 사진을 들여다보았다. 숙희를 사모한 지 근 몇 해 동안에 사진이나마 이렇게 보게 되기도 처음이었던 것이다. 숙희에게 보내는 편지마다 '사진이라도 한장 보내 주시오.' 하고 애걸하다시피 쓴 구절이 떠올라 눈물이 핑 돌았다.

"허, 남의 처녀 사진을 보고 울면 쓰나. 이리 내게!"

재일이 봉준의 손에서 사진을 빼앗았다. 원선은 재일에게 달려들었다.

"그까짓 사진으로 무엇 하는 건가? 자네도 그만해 두게!"

원선은 사진을 빼앗아서 봉준에게로 던졌다.

"옜네! 실물은 마음대로 못 보나그래. 사진이나마 못 가져 보겠나?"

성을 낼 줄 알았던 재일은 허허 웃었다.

"아주 잘들 논다. 상당한 극일세그려, 응? 자네들 배우 노릇 상당히 하겠네."

재일이 눈을 슴벅슴벅하였다. 그들도 따라 웃었다.

재일은 눈을 실쭉하니 뜨고,

"자네, 그 사진 가지고 가만히 있어서는 안 되네. 중매를 해 달라는 말이지. 중매를 하겠나, 못 하겠나? 말하게."

"나 같은 것이 중매자의 자격이 있는가?"

"어, 없다면 사진 도루 내게. 이게 다 무슨 소용이람? 자네가 무슨 총각이라고 연애할 생각을 감히 품나? 어떤 이유하에서 가지느냐 말이야? 단단히 대답하게. 그렇지 않으면 사진 내놔!"

그는 눈을 딱 부릅뜨고 대들었다. 봉준도 처음에는 우스갯소리려니 하고 사진 있는 것만 기뻐하였으나 그가 이유를 붙여 가며 대드는 것을 보니 가슴이 멍청해졌다.

이 꼴을 본 원선은 그의 말문을 막으려고 이런 말을 하였다.

"자네 누이가 그렇게 시집가고 싶어 등이 달았다면 내 중매하지.”

“응? 자네가 중매하겠나?”

그는 봉준에게서 사진을 빼앗았다.

“옜네. 자네가 중매하겠다고? 이 사진 가지겠다는 말이지? 응, 옳지. 자네는 총각이니만치 아조 가져가게나. 총각이 처녀의 사진 가지는 것만큼 떳떳한 일도 없지. 거리에 나가서 오가는 사람들한테 물어보게. 내 말을 믿지 않겠다면 말이야. 봉준 군도 잘 생각해 보게. 원선 군한테 온 사진을 왜 자네가 어림없이 가지겠다는 말이야? 그렇지 않아? 응?”

그는 돌아앉았다.

“살다 살다 별꼴 다 보네. 언제는 사진 청해 달라고 매일 조르다시피 하더니 막상 부쳐 오니 시치미를 떼어! 이거 뭐 누구를 놀릴 셈인가? 어쩐 일이야!”

원선을 노려보았다. 그는 웃으며,

“쓸데없는 소리 말게. 자네는 너무 허튼소리 해서 재미없네.”

봉준은 더 이상 참을 수가 없었다.

“가겠네.”

봉준이 벌떡 일어났다. 가슴이 무섭게 떨렸다. 그리하여 벼락같이 문을 열었다.

“제이 막! 어때?”

원선을 바라보았다. 그는 너무 어이가 없었다.

"그, 왜 그 모양인가? 가뜩이나 요새 신경병으로 고민하는 판에 위로는 못 해 줄망정 이렇게 지나치게 놀리다니. 아주 재미없어! 후일에는 그런 말 말게, 자네!"

"아침에 내가 무어라 했던가? 재미나는 일이 있다고 했지? 그 좀 재미있었나? 그래, 심심한데 더러 농 삼아 그러면 어떻다는 말인가?"

"아, 글쎄. 성한 사람 같으면야 무슨 말인들 못 하겠냐마는 봉준 군은 병자니만큼 삼가 달라는 말일세."

원선은 일어섰다. 재일도 그의 뒤를 따라 일어섰다. 한참이나 말없이 섰던 원선은 돌아보았다.

"봉준 군이 아모래도 이혼은 해 놓을 테니까 숙희 씨한테 권고하여 보게. 자네도 보는 바 어디 쓰겠나? 점점 더하여 가니."

"글쎄, 딱하기는 하지만 그 애가 말을 들어주어야지."

"물어는 보았나?"

가만히 생각해 보니 말도 해 본 것 같지 않았다. 그러나 이미 낸 것이라,

"응, 한번 붙여 보았지."

재일은 어느덧 앞섰다. 그의 다리 마디는 길쭉길쭉하여 언제나 경중경중 남보다 훨씬 앞서 걸었다.

"장래성 있는 청년일세, 봉준 군은. 두고 보면 자연 알 테니까 어쨌든 힘써 보겠네."

"참말인가?"

"여보게, 난 자네처럼 극이나 꾸밀 줄은 모르네."

"응, 좋은 친구야, 봉준 군은."

아까 문 차고 나가던 꼴을 생각하고 빙글빙글 웃었다.

앞으로 지나가는 여학생을 보고,

"스타일 좋다!"

하고 웃었다.

# 짝사랑

모 여학교 2년급 시험을 치르고 난 옥은 낙제냐 급제냐라는 두 의문으로 가슴을 졸이고 있었다.

주인집 학생이 나왔다.

"어제 같이 오셨던 이가 누구야요?"

학생이 옥의 곁으로 앉았다. 옥은 입 속으로,

"남편이야요."

"네."

"그 학교서 낙제한다면 다른 학교에 가서 시험 쳐 볼 수도 있겠지?"

옥은 근심스러운 듯이 물었다.

"붙겠지요. 염려 마세요."

"나 같은 것이 어찌 붙기를 바랄까?"

옥은 문 쪽을 바라보았다.

"왜 일 학년 시험을 치러 보시지 그랬어요? 아무래도 좀……."

이 말을 듣자 옥은 더욱 안타까웠다. 차라리 이 학생의 말처럼 1년급 시험을 보았더라면 하는 후회가 일었다.

"글쎄."

만일 낙제한다면 무엇보다도 남편 보기가 난처하였다. '어쩔까? 낙제한다면 두말없이 고향으로 내려가서 한 해 더 배워 가지고 오지, 뭐!' 겨우 이렇게 마음을 가라앉혔다. 그러나 가슴이 울울하였다.

"일본 가서 공부하신다지요?"

"응."

"무슨 학교야요?"

그는 한참 생각하였다.

"와세다던가?"

옥의 얼굴은 빨개졌다. 얼마나 똑똑하면 남편 다니는 학교 이름도 정확히 모르나 할 것 같았다.

"네."

대답하는 소리를 듣자 안심이 되었다. 제 입으로 학교명을 부르고 나니 어쩐지 별로 서투르게 생각되지 않았던 것이다.

"그분 친구도 많두먼요."

"글쎄."

"이 방에 들어왔을 때 세 분인가, 네 분인가 욱욱 밀려오던데요."

학생은 빙그레 웃어 보였다.

"그중에 내 동무 숙희 오빠도 오구요."

그는 가슴이 뻐근하였다. '벌써 우리 그이가 숙희를 따라다니는 줄 이곳서도 아는가? 그리하여 내 속을 떠보느라고 저렇게 말한 것이 아닌가?' 그는 물어보고 싶은 것이 많았지만 이 말 끝에 쑥 들어가 버리고 말았다.

"숙희 아셔요?"

"몰라요."

"연희는 아시겠지요? 같은 고향이라면서요?"

"응. 말은 못 해 봤어도 낯만은 여러 번 보았지."

"숙희도 늘 놀러 가던데요, 방학 때면."

"글쎄, 자세히 모르겠네."

요리조리 묻는 것이 귀찮았다.

구두 소리가 나자 방문이 열렸다. 영실은 얼른 일어났다. 그리하여 안방으로 들어갔다.

봉준은 마루 구석에 피하여 섰다가 방으로 들어섰다. 옥은 잠잠히 일어섰다.

"평안히 주무셨소?"

이렇게 묻고 나서 신문지 사이에 들어 있는 노랑 구두를 꺼냈다.

"신어 보시오."

그는 가슴이 두근두근하였다. 그리고 발을 내놓을 것이 무엇보다도 난처하였다. 봉준은 주머니에서 살색 양말을 꺼냈다.

"이것 신고 신어 보시오."

그의 얼굴은 빨개졌다.

"어서 신어 봐요."

"후일 신지요."

"공연한 소리만 하는구려."

봉준은 얼굴을 찡그렸다. 그리고 속으로 '시골 여자는 할 수 없어.' 하였다.

그는 남편의 좋지 못한 기색을 보고는 그만 아무 말 없이 돌아앉아서 양말을 신었다. 봉준은 양말대님을 내주었다.

"다 신었소? 자."

봉준이 구두를 들어 옥의 발에다 신겨 주었다.

"일어나 보시오."

그는 아찔해지며 방이 휭 도는 것 같아 겨우 바람벽을 의지하여 일어났다. 한참이나 들여다본 봉준은 웃음을 띠고,

"됐소이다. 제법 여학생답구려. 그리고 학교에 갈 때에나 안 갈

때에나 저 분(粉) 발라요. 크림도 베니도, 네? 그래야 합니다."

책상에 벌여 놓아 준 분병들을 가리켰다.

처음으로 남편의 다정한 말을 들은 그는 너무 지나쳐서 어쩔 줄을 몰랐다.

"그리고 저녁에 우리 친구 몇몇을 데리고 올 테니. 우물쭈물하지 말고 묻는 말에 대답 얼른얼른 해요, 네? 오늘 분 안 발랐구려. 저녁 먹고 세수하고 분 바르시오, 네?"

남편이 그의 얼굴을 말끄러미 바라보았다. 옥은 확확 다는 얼굴을 푹 숙이고 말았다.

"내 말대로 하시오."

이렇게 재삼 다지고 나서 남편은 일어섰다. 그도 따라 일어서서 남편의 뒷맵시를 바라보며 '나도 남편이 있구나!' 하고 부르짖었다.

뒤이어 영실이 웃음을 띠고 들어왔다.

"무얼 다 사 오셨어요?"

영실은 책상 아래에 놓인 구두를 들고 들여다보았다.

"구두 사 오셨소, 벌써부터……."

영실은 요리조리 살펴보더니,

"꼭 맞아요?"

"응."

영실은 옥이 기뻐하는 모습을 한 번 더 쳐다보았다. 영실 어머니도 웃으며 들어왔다.

"아이고머니, 곱구먼요."

딸이 주는 구두를 받아 들고 보았다.

"얼마 주었대요?"

"글쎄요, 자세히 묻지 못했어요."

그들이 부러워하는 모습을 바라보며 앞에 놓인 구두를 볼 때 눈물이 날 만큼 감격스러웠다. 그는 속으로 '어머님도 기뻐해 주세요!' 하고 중얼거렸다.

남편의 말을 외우고 있던 그는 저녁 먹기 전에 새로 사 온 향내 나는 비누로 말끔히 얼굴을 씻은 후 곱게 곱게 단장하고 저녁 상을 받았다.

밥상을 들고 온 영실은 피어오르는 듯한 그의 맑고 웃는 얼굴에 도취되어 몇 번이나 그를 바라보고 마음속 깊이 부러워하였다. 과연 남편의 사랑을 받을 만하다 하는 것을 당장 깨달았다. 그리하여 이 부부는 짝이 지지 않는 부부라는 것을 무엇보다도 부럽게 생각하였다.

"같이 먹읍시다."

밥깨를 여는 그는 영실을 쳐다보았다.

"어서 먼저 자셔요."

밥상 위로 가는 김이 곡선을 그리며 피어올랐다.

밥상을 물린 그는 어떤 불안에 잠긴 사람 모양으로 긴장이 되었다.

불이 반짝 커졌다. 그는 가슴이 울렁울렁하였다. 그리하여 그는 가만히 일어나서 마루로 나갔다. 변소에서 나오던 영실은,

"우리 방으로 들어가십시다."

옥은 방문턱에서 기웃기웃하여 아무 거리낌 없을 것을 알고 방으로 들어섰다. 정면을 향하여 바른편 쪽으로 책상이 놓이고 왼편으로 고리짝 두 개가 겹놓였을 뿐 별다른 가구를 발견치 못하였다.

"앉으시우."

주인마누라는 웃음으로 대하여 주었다.

대문 소리가 나자 구두 소리가 거푸 들렸다. 옥은 숨을 죽였다. 두 귀밑이 화끈 달았다. 무엇보다도 그들과 서로 인사할 것이 난처하였다.

가만히 듣던 영실은,

"여러 사람이 오나 봐요."

방문 여는 소리가 나자 이쪽을 향하여 오는 발소리가 들렸다.

"여기 안 왔나요?"

영실 어머니는 문을 열었다.

"여기 있습니다. 들어오세요."

"아니요, 괜찮습니다. 여보, 어서 나오시오."

옥은 난처하였다. 봉준은 전등불 아래 부끄러움을 머금고 앉은 그를 바라볼 때 알지 못하는 사이에 기쁨이 흘렀다. 무엇보다도 어서 빨리 그들 앞에 보여 자랑하고 싶었다. 언제나 아내인 옥을 대할 때에는 친구 같은 그런 느낌으로 대하게 되는 것이었다.

"어서 나와요!"

그는 마지못하여 일어는 섰지만 건넌방까지 가는 것이 여간 난처한 것이 아니었다. 심장이 맞방망이질을 치고 다리가 사시나무 떨듯 떨렸다.

"학생도 같이 가면……."

그는 영실을 내려다보았다. 영실 어머니는,

"그럼, 너도 동무해서 잠깐 갔다 오너라."

이 말이 끝나자 영실은,

"그럼 먼저 나가세요."

하고 옥을 올려다보았다. 옥은 도로 앉았다.

"같이 가우."

이 꼴을 본 봉준은,

"그럼, 같이 오면 대단히 고맙겠습니다."

하고 건넌방으로 갔다. 영실은 책상을 마주 보고 앉아 화장을 시작하였다.

"부끄럽지요?"

옥을 바라보며 영실 어머니는 웃었다.

"처음이니까요."

그는 머리를 숙였다.

화장을 마친 영실은 새 옷으로 갈아입고 앞장섰다. 옥은 죽으러 가는 소처럼 안타깝게 떨었다. 영실은 조심성스럽게 문을 열었다. 봉준이 벌떡 일어났다.

"들어오십시오."

"오셨습니까."

그가 재일을 향하여 머리를 숙여 보였다. 그들의 눈은 일시에 옥에게로 쏠렸다. 옥은 가만히 영실 옆에 앉았다.

봉준은 차례로 소개하였다. 옥은 그들에게 머리를 숙여 보였다.

"자네들, 왜 이리 점잖은가?"

이 방의 인기가 옥에게로 쏠림을 알자 봉준은 말할 수 없이 기뻤다. 그는 벙글벙글 웃었다.

"집주인부터 점잖으니……."

재일은 봉준을 보았다. 원선은 벽에 기대앉아 재일의 어깨로 한쪽 눈을 가리고 옥을 뜯어보았다. 눈, 코, 입술, 살빛, 몸집, 어느 것 하나 흠잡을 것이 없었다. 그러나 양미간을 약간 찡긴 것을 보아 그의 쓰라린 과거를 알 수 있었다.

몇 해를 두고 궁금증만 자아냈던 주인공 옥은 이름처럼 옥(玉) 같은 여자였다. 그는 스르르 눈을 감고 옥이 쓴 편지 일절을 생각해 보았다. 따라서 봉준이가 곧장 부러웠다.

"숙희도 데리고 오시지요, 왜?"

봉준과 옥은 일시에 가슴이 찌르르하였다.

"왜 모시고 오지?"

봉준은 동을 달았다.

"잊었습니다. 후일에는 같이 오지요. 옥 씨도 사랑해 주십시오."

어느 좌석에서나 빈정대는 그가 갑자기 여기서만은 점잔을 빼었다.

"당신, 집에 온 손님들을 대접할 줄도 모르시오?"

봉준이 웃는 눈으로 옥을 보았다.

"그런 소리 말게. 우리가 경성 사는 만큼 주인은 우리가 아닌가, 여보게."

재일이 원선을 돌아보았다.

"이 사람은 벌써 조으네. 그럼 어디든지 가십시다."

휘 둘러보았다. 봉준은 속으로 '이놈이 벌써 미쳤나?' 하면서 일종의 승리의 쾌감을 맛보았다.

"나가십시다. 처음이니만큼 구경도 하시구요."

재일은 옥을 보았다.

재일의 꼴을 본 영실은 더 앉았기가 퍽 괴로웠다. 그리하여 살짝 일어났다. 옥은 영실의 치맛귀를 힘껏 잡았다.

"놓으세요."

그들은 영실을 올려다보았다.

"앉으시오."

뒤를 이어 이런 말이 거푸 떨어졌다. 그러나 영실은 기어코 뿌리치고 나갔다. 혼자 된 옥은 아까보다 더 안타깝고 머리를 들 수가 없었다. 원선은 재일을 쿡 찔렀다.

"가세."

옥의 모습을 보고 더 이상 앉았을 수가 없었던 것이다. 재일은 밑이 떨어지지 않았다. 수줍어하는 옥의 모습을 볼수록 더한층 아리따웠다.

"어디로 갈까?"

재일은 일어나는 원선을 쳐다보았다.

"일어나게나, 어디로 가든지."

원선은 문밖을 나섰다. 재일과 봉준도 하는 수 없이 따라 일어났다.

"어디 가려면 밑자리가 제일 무겁더니 오늘은 웬일이야?"

봉준이 문밖을 나서자 원선을 쳐다보며 이렇게 말했다.

"글쎄."

재일은 방문을 배웅히 열고,

"안녕히 주무십시오."

옥은 머리를 숙인 채 일어섰다.

대문 밖을 나서자 재일은 봉준의 어깨를 가볍게 쳤다.

"과연 보기 드문 미인인걸!"

"그런가? 하지만 숙희 씨만은 못하지 않어?"

"허, 미친 말이야. 못한 게 무언가? 그렇게 미치더람 한번 말해 볼까, 숙희한테?"

봉준은 앞이 캄캄하도록 가슴이 두근거렸다. 그리고 이때가 단 하나밖에 없는 기회같이 생각되었다.

"참말인가?"

"이 사람, 또 귀가 바짝 당기는 모양이지?"

재일은 웃음으로 쓸어쳤다. 자기로서도 오늘만큼은 갑자기 전과 달리 말하기가 좀 점직했던* 것이다. 봉준도 이를 눈치채고 그를 더 채치고 싶었지만 원선이가 꺼리어서 잠잠하고 말았다.

"어째서 이야기가 중단되었나? 마저 마치지?"

봉준은 슬쩍 화제를 돌렸다.

*부끄럽고 미안하다.

"자네, 전부터 영실이를 알았던가?"

"응, 숙희와 동무라네. 그래서 몇 번 우리 집에 놀러 왔어. 그 통에 나도 알게 되었지."

"누이 있는 사람들은 무슨 수가 나도 나겠군."

"그럴지도 몰라."

둘은 웃었다. 원선은 멍하니 앞길만 바라보고 수굿수굿 둘의 뒤를 따랐다.

"여보게, 옥 씨는 과연 미인이더군! 자네는 어떻게 보았나?"

재일은 뒤를 돌아보며 멈칫 섰다. 봉준도 돌아보았다.

"글쎄."

"똑똑히 대답해 버릇하게. 밤낮 글쎄가 무어야!"

봉준은 안타까움에 이런 말을 하였다. 쌀쌀한 바람이 그들의 몸으로 스며들었다.

"어디들 또 가겠나?"

둘은 씩 돌아보았다.

"무어 좀 먹고 헤지세. 어디로 갈까?"

언제나 먹는 말은 재일이 먼저 꺼내었다.

"나는 그만. 가려면 자네들끼리나 가게."

"얼른 같이 갔다 가세나."

"곤해서 못 견디겠네."

봉준을 보았다.

"늙으니까 다르긴 다르군."

전차가 그들 앞으로 지나간다. 그들은 한참 동안 잠잠하였다.

"자, 난 가겠네."

원선은 청진동 골목으로 빠졌다. 전신이 오싹해지며 따뜻한 방이 그리웠던 것이다.

"잘 가게."

둘은 말없이 걸었다. 어쩐지 적적함을 느꼈다.

재일은 옥의 얼굴을 머릿속에 그려 보았다. 따라서 이때까지 눈으로 본 많은 여자를 되풀이하여 떠올려 보았다. 숙희 때문에 여학생도 꽤 알았고, 화류계 여자도 그 수를 헤아릴 수 없으리만큼 알았다. 그러나 마음에 흡족히 들어온 여자는 없었다. 모두 그저 그렇고 그랬다.

하나, 오늘 저녁 옥을 보자 세상에 저런 여자도 다 있는가 하고 놀랄 뿐이었다. 그럴수록 숙희를 미끼 삼아 반드시 옥을 내 것으로 만들리라는 결심을 하게 되었다. 처녀, 부인 가릴 것 없이 여자는 얼굴만 고우면 그만이라고 생각했다.

"이혼은 집어치우게."

재일은 봉준의 심중을 떠보려 하였다. 봉준 역시 옥을 미끼 삼아 숙희를 놓치지 않으려 하였다.

"숙희 씨 같은 여자는 없으니 어쩌겠나. 내 스스로도 이상히 생각한 적이 많았네마는……. 물론 옥에 대하여 동정하지 않는 바는 아니야. 그러나 사랑이 안 가는 데야 어쩌란 말인가?"

"음, 그렇지. 사랑이 없는 데야 동정한들 어쩌겠나? 나도 전부터 자네 마음을 모르는 바 아니고, 따라서 숙희를 연모하는 것까지도 대강은 짐작하였네. 그래서 그 애를 만나면 자네 말을 늘 하다시피 하였네. 어쨌든 이혼만 하게나."

"고맙네."

봉준은 눈물이 툭 비어졌다. 그리고 가슴이 두근거리기 시작하였다. 한참 후에 그는,

"자네만 믿네!"

하였다. 재일은 담배를 피워 물었다.

"옥 씨가 불쌍하지 않아? 그렇게 된다면……."

재일은 봉준을 보았다.


옥은 아침을 먹고 머리를 풀었다. 얼레빗으로 슬슬 가르마를 타며 면경에 비치는 제 얼굴을 들여다보고 쫑긋 웃었다. 어젯밤 남편이 좋아하던 꼴이 지금도 눈에 보이는 듯하였다. '어떻게 붙었을까? 그 많은 사람이 시험 쳤는데. 아무래도 선생들이 내 이름을 잘못 부른 거지!' 이런 생각을 할 때 가슴이 선뜩하였다.

영실이 들어왔다.

"머리가 숱하기도 하네요."

영실은 얼레빗을 빼앗아 들고 몇 번 가르마를 탄 후 두 갈래로 꽁꽁 땋아 곱슬하게 틀어 놨다.

"고운데요! 어쩌면 이리 고울까?"

영실은 그의 앞으로 와서 말똥히 들여다본다. 그는 가뿐함을 느끼며 두 귀밑이 빨개졌다.

"그런 소리 마소."

그는 얼굴을 돌리며 웃었다.

"웃으니까 더 곱네. 여자로 태어날 바에는 이렇게 고와야지, 뭘!"

며칠 전날 밤 재일의 꼴이 나타났다.

"학생도 그만큼 고왔으면 됐지. 나 같은 것이 무엇이기에?"

그는 머리칼을 일삼아 주워 뭉쳐 가지고 밖으로 나갔다. 영실 어머니도 부엌에서 고개를 갸웃하고 내다본다.

"꽃송이 같네."

옥은 그런 말을 귓등으로도 안 듣고 '내가 참으로 붙은 건가?' 하는 의문만이 가슴을 꽉 채웠다. 그는 손을 씻고 방으로 들어갔다.

"참으로 붙은 걸까?"

영실은 면경에 제 얼굴을 비춰 보다가 살짝 비켜 앉았다.

"그럼 학교서 거짓말할까요?"

너무 좋아하는 꼴이 밉살스러웠다.

"거짓말보담도 혹시 이름이 나와 비슷한 사람이 또 있는가 해서 하는 말이지."

"글쎄요, 그것까지는 모르지요."

영실은 일어났다.

"어서 학교나 가십시다. 잔걱정 말고요."

옥은 검정 치마, 흰 저고리로 갈아입었다. 그리고 책상 아래에 놓인 구두를 꺼내어 놓고 한참 망설이다가 신었다.

안방 문소리가 나자 영실이 나왔다.

"어서 나와요."

옥은 이러고 나가기가 퍽이나 부끄러웠다. 어쩐지 옛날 자기와는 딴판이 된 듯한 느낌이 생겼다. 그때 떠오르는 것은 숙희와 연희였다.

그는 남빛 책보를 들고 영실의 뒤를 따랐다. 다리가 휘청휘청하는 것이 좀 폐로웠다.*

"재미나요. 이렇게 언니와 내가 함께 다니면 오작이나 좋아요?"

영실은 쫑긋 웃어 보였다. 그는 숨이 차도록 답답함을 느꼈다.

---

*1. 성가시고 귀찮다.  2. 폐가 되는 듯하다.

지나가는 사람들이 자기만 보는 듯싶었다.

"오늘 저녁, 원선인가? 그분이 떠나신댔지요?"

"응."

가까워 오는 학교는 빨간 벽돌집으로 점점 높아 갔다.

개학식을 마치고 돌아온 그들은 방으로 들어가 치마저고리를 벗고 낡은 옷으로 갈아입었다. 옥은 이때껏 밀쳐 두었던 한숨을 푹 내쉬었다. 교장 선생의 말이 다시금 귓가에 울렸다. 그리고 뒤따라 떠오른 얼굴 흰 여선생들은 하늘같이 높아 보였다.

점심상을 들고 영실이 들어왔다. 그는 얼른 일어나 상을 받아 내려놓았다.

"어서 먹읍시다."

영실은 마주 앉아 저를 들었다. 권하는 바람에, 더구나 다정스레 마주 앉은 김에 숟갈을 들긴 들었으나 밥은 먹고 싶지 않았다. 그저 가슴이 울울하여서 좋은 것도 언짢은 것도 판단할 여지 없이 어릿 터분하였다.

상을 물린 옥은 책상 곁으로 다가앉아 '나도 이제부터는 여학생인가? 숙희와 연희와 같은……' 하고 생각할 때 마음에 떠오른 사람은 영철 선생이었다. '선생님이 이 소식을 알면 얼마나 기뻐하실까.' 이런 생각을 하고 나니 물 먹고 싶듯이 선생이 그리워졌다. 같이 있을 때에는 그만그만하여 무던한 줄로만 알았더니 이렇게 뚝 떨어지고 보니 돌아가신 시어머니 못지않게 보고 싶었다. 그 무엇보다도 달라진 옷맵시, 시험 쳐서 합격한 것을 선생에게 자랑 겸 친히 눈에 보이고 싶었다.

그는 붓을 들었다. 영철 선생에게 장문의 편지를 쓰기 시작하였다.

저녁이 되자 옥은 화장을 하고 새 옷을 갈아입은 후 책상 앞에 앉아 갓 사 온 책들을 들여다보았다. 어느새 모든 잡생각을 잊고 책 속으로 폭 빠져들었다.

"여보, 옥 씨!"

그는 깜짝 놀라 사방을 휘휘 돌아보며 뒤미처 일어났다.

"나와요."

뒤창 곁에서 남편의 소리가 났다. 그는 몸도 돌아볼 여지없이 밖으로 나갔다.

큰 대문을 나선 옥은 창문 곁으로 돌아갔다. 희미한 달빛에 남편의 시커먼 윤곽만이 보였다.

"저, 새 옷 갈아입고 구두 신고 나오시우. 벌써 자우?"

"아니요."

"그럼 얼른 들어가서 후딱 갈아입고 나와요."

"왜요?"

황황히 날치는 남편이 이상해 보였다.

"글쎄, 여러 말 말고 바삐 그리해요."

남편의 말이니 할 수 없이 돌아서서 안으로 들어가면서도 마음은 불쾌하였다. 무엇보다도 남자들과 마주 앉기가 거북스럽고 싫었던 것이다.

방으로 들어간 옥은 또다시 나갈 것이 거북하였다. 남편과 나란히 서서 다니는 것은 기쁘게 생각하나, 남편의 친구들과 섭슬리기*는 안타깝게 싫었던 것이다.

"안방 학생 데리고 갑시다."

"잔소리 말고 어서 나와요!"

이렇게 남편이 소리치는 바람에 두말도 못하고 그는 밖으로 나갔다.

"어디 가요?"

안방 미닫이문 사이로 영실의 외짝 눈이 보였다.

"저기."

옥이 큰 대문 밖으로 나가자 봉준은 허방지방 뛰었다. 황급히 날치는 남편의 꼴을 보는 옥은 무슨 일인가 하여 어리둥절하였다.

골목쟁이로 돌아들자 눈이 시큼해지도록 빛나는 가스 불 앞에 남편은 우뚝 섰다.

*함께 섞여 휩쓸리다.

"어서 오르십시오."

몇 사람의 입에서 떨어지는 말소리와 함께 휘발유 냄새가 옥의 코를 벗퉜었다.

"이렇게 만나게 되어 반갑습니다."

옥은 얼결에 머리를 돌려 바라보니 연희와 숙희였다. 순간 그의 가슴은 선뜩하였다.

택시는 달음질쳤다. 문득 자기와 남편이 그리운 고향을 떠나던 때가 눈앞에 보이는 듯하였다. 옥의 바른편 무릎에 전해 오는 연희의 따뜻한 체온은 같은 고향 사람임을 더 진하게 느끼게 하였다. 숙희는 연희에게 무슨 귀엣말을 건네고 있었다.

"얼마나 기쁘십니까, 옥 씨."

원선은 자기 앞에 똑바로 앉은 옥의 목덜미를 보았다. 옥은 머리를 숙이는 것 외에 잠잠할 뿐이었다.

"축하 올립니다, 옥 씨."

이번에는 재일의 목소리였다. 이마에 땀이 나도록 옥은 부끄러웠다. 암만 대답하려고 해도 목소리가 입 밖으로 나와 주지를 않았다. '왜 이럴까. 벙어리가 되려나?' 하는 의문까지 들었다.

"선생님, 이제 가시면 언제쯤 나오시게 되나요?"

원선은 무슨 생각을 하다가 얼른 숙희를 보았다.

"글쎄요, 여름방학 때나 오게 되겠지요."

곁에서 듣는 옥은 한층 더 부끄러웠다. 자기는 묻는 말에 대답도 못 하는데 숙희는 먼저 말을 건넨다. '언제쯤 나도 저만큼 되려나!' 하고 생각할 때 이 세상에서 자기처럼 못난 사람은 없을 것 같았다. 따라서 남편이 자기를 배척하는 것도 당연한 것이라 여겼다.

경성역에서 내린 그들은 대합실로 밀려 들어갔다. 옥은 어쩌다 넘어질세라 겁이 나서 미처 그들의 뒤를 따르지 못하였다. 그는 한구석에 가만히 서서 머리를 숙였다. 낮같이 밝은 불빛 아래 흔들리는 그 사람의 동작을 따라 까만 눈만이 반들거렸다.

그들이 의자에 척척 걸터앉아 돌아보니 옥이 없었다.

"여보게, 옥 씨 어디 가셨나?"

휘휘 둘러본 재일이 이편으로 뛰어왔다.

"저리로 가십시다."

재일은 불빛에 빛나는 옥의 눈을 바라보았다.

"아뇨."

옥은 옆 의자에 가만히 걸터앉았다. 자칫하면 푹 고꾸라질 것 같았다. 이마 끝에 땀이 송골송골 맺혔다.

재일은 차마 발이 떨어지지 않았다. 그리하여 옥의 옆에 앉았다.

이 꼴을 본 옥은 시재 걷다가 엎어져서 망신을 톡톡히 당할지 언정 재일과 같이 앉아 있기는 싫었다. 그는 살짝 일어나서 앞으로 걷기 시작하였다. 걸어가니 심상하였다.

눈결에 남편을 보니 그는 옥 쪽을 외면한 채 돌아앉고는 얼빠진 놈처럼 머리를 숙이고 있는 것이었다. 순간 눈에 있는 불이란 불은 다 기어 나오는 것 같았다.

원선은 차표를 타 가지고 옥이 섰는 편으로 왔다.

"이 사람 때문에 고생 많이 하십니다."

원선은 머리를 숙여 보였다. 그는 발부리를 굽어보았다.

"천만의 말씀을 다 하십니다."

며칠 동안 처음으로 듣는 옥의 음성이었다. 들릴 듯 말 듯 가느다란 목소리가 원선의 귀에다 귀엣말을 하는 듯이 징그럽게 들렸다.

"공부 잘하십시오. 그저 배워야 합니다."

요란한 소리와 함께 차가 들어왔다. 역부의 고함 소리에 놀란 옥은 입 속으로 '게이죠.' 하고 되뇌어 보았다.

원선은 숙희 앉은 편으로 뛰어갔다. 서로 손을 잡고 이편으로 뛰어오자,

"어서들 들어가세요."

꾸리 묶어세운 듯한 사람들 사이로 들어섰다.

"이번에는 나 혼자 지낼 생각에 난처하네. 이 학기 다 지나기 전에 얼른 들어들 오게. 공연히 놀면 뭣하겠나?"

연희가 옥의 곁으로 왔다.

"고향서 편지 왔어요?"

"아직 아니 왔어요."

옥은 연희를 바라보았다. 맞은편에 선 숙희는 새침하게 머리를 숙이는 것이었다.

"안녕히들 계셔요."

바라보니 원선은 사람들 틈에 섞여 잘 보이지 않았다. 플랫폼에서 차에 올라탄 원선은 이편을 향하여 모자를 높이 들어 보이고는 안으로 들어가 창문을 열고 머리를 내밀었다.

이편에서도 모자를, 손수건을 내어 흔들기 시작하였다. 원선은 그들 틈에 언제까지나 고요히 섰는 옥을 보았다.


학교에서 돌아온 옥은 치마저고리를 벗고 잠옷 비슷이 만든 통옷으로 갈아입은 후 밖으로 나가 세수하고 다시 방으로 들어갔다. 창문까지 열어젖히고 방을 쓸었다. 그리고 책보를 책상에 풀어 헤쳐서 책보만 들고 문밖에 활활 떨어다 네모반듯하게 개어 한옆으로 착 놓았다. 우선 공부할 책만 따로 놓고는 모두 착착 겹놓았다.

그는 책상을 이렇게 정돈해 놓고는 오늘 온 신문을 펼쳐 들었다. 제일 면부터 시작하여 차례차례 보기 시작하였다.

영실 어머니가 건넌방으로 건너왔다. 자다 나온 모양인지 얼굴이 푸석푸석하고 눈이 빨갛다.

"영실이는 아직 시간이 남았나?"

이렇게 혼잣말처럼 중얼거리고 나서 되뚝한* 파란 곽과 편지를 내밀었다.

"옛소. 아까 웬 심부름꾼 애가 가져왔기에 누가 보내더냐고 물어도 대지 않고 가데?"

그는 달갑지 않게 받아 들고 이리저리 살펴보다가 우선 편지부터 보리라 하고 겉봉을 보았다. 주소도 성명도 아무것도 씌어 있지 않았다. 그는 문득 이는 의문과 함께 봉투를 뜯어보았다.

영실 어머니의 말똥말똥한 눈을 보니 졸음이 어디론가 달아난 모양이었다.

"무어랬나?"

다 보고 난 옥은 억지로 웃음을 띠었다.

"장난감 보낸다는 말입니다."

"응."

옥은 곽과 편지를 책상 밑으로 밀어 넣고 다시 신문을 들었다. 영실 어머니는 편지를 펴 보았으면 하고 바라다가 보지 못하게

*[북한어] 날카롭고 우뚝하다.

되매 허수하였다.

"에, 덥다."

얼굴에 붙는 파리를 쫓고 나서 밖으로 나갔다.

발소리가 멀어지자 그는 신문에서 눈을 떼고 문밖을 내다보았다. 신문이 맥없이 날아 떨어지고 말았다. 장독에 붙었던 왕파리가 왱, 하고 쨍쨍히 내리쪼이는 볕을 따라 문턱까지 날아왔다.

옥은 이곳에 오직 남편 하나만 믿고 따라온 것이다. 하지만 남편은 차츰차츰 그를 찾아오기도 싫어하는 듯하였다. 어쩌다 오면 반드시 재일과 함께 왔다가 가곤 하였다. 다소 의논하고 싶은 일이 생겨도 가슴에 뭉치고 또 뭉쳐 두었다가 시간이 지나 그 혼자 삭이고 말았다.

이런 것을 생각하고 나니 바람벽을 마주 앉은 것처럼 답답함을 느꼈다. 그는 다시 편지를 끌어내어 자세히 몇 번씩 읽어 보았다. 글자 한 자 어그러짐 없이 분명히 쓴 편지였다. '이것이 참일까? 남편이 일부러 나를 시험해 보누라고 이런 일을 않았나?' 그렇다면 반면에 남편은 자기에 대한 애정은 확실히 있는 것이다. 얼마나 기쁜 일이랴! 고마운 일이랴! 하지만 어디까지나 참인 듯싶은 편이 더 세었다.

'남편의 둘도 없는 친구가 이런 일을 내게 감히 할 수 있을까?' 이것은 필연 남편과 재일이 공모하여 무슨 계책을 써서라도 자기와 이혼할 조건을 만들고자 하는 수단같이 보였다.

여기까지 생각한 그는 무어라고 형용할 수 없는 설움에 가슴이 올올이 찢기는 듯하였다. 그는 책상에 팍 엎드려서 흑흑 느껴 울었다.

문 앞으로 지나치던 영실이 우뚝 섰다.

"언니, 왜 울어?"

된볕이 내리쬐어 영실의 머리는 시재 타는 듯하였다. 영실은 마루로 올라앉자 책보를 방으로 던지고 달려 들어왔다.

"왜 울어?"

옥의 어깨를 흔들었다.

"공연히 울지 뭐."

"언니, 공부 준비하지 않우?"

"해야지."

그는 눈물을 이리저리 씻고 나서 책을 펼쳐 들었다. 하나 샘솟듯 나오던 눈물이 잇따라 떨어졌다.

"에, 덥다. 지독히 덥네."

영실은 후닥닥 뛰어나갔다.

옥은 도로 책을 놓고 '어머님! 나는 어찌라우!' 하고 울부짖을 때 '믿지 마라! 남자를 믿지 마!'란 말이 번개같이 가슴을 두드려 대었다. 시어머니가 임종 시에 턱을 가불가불 채면서 마지막으로 남긴 부르짖음이었다.

어린 옥은 무슨 말인고 하면서도, 너무나 또랑또랑한 힘 있는 말이매 머리에 꽉 박혔던 것이다. 그리하여 항상 그는 입 속으로 그 말을 외우고 살았다. '믿지 마라! 남자를 믿지 마!' 다시 한 번 외쳐 보았다. '얼마나 잘 아시고 하신 말씀이랴!' 그는 한숨을 푹 내쉬었다. 든든한 의지처가 생긴 듯싶었다. 따라서 북받쳤던 설움이 가라앉고 거뜬해짐을 느꼈다.

이 말 한마디가 오늘날 옥에게는 얼마나 귀한 보배인지 모른다. '오, 어머님! 당신께서 남기고 가신 그 귀한 말씀을 내 가슴에, 내 가슴에 품었나이다.' 그는 눈을 스르르 감았다.

한참 후에 그는 다시 눈을 떠서 앞에 놓인 곽과 편지를 노려보았다. '흥! 몰랐다! 너희가 생각한 그런 어리석은 여자는 아닌 것이다! 시계와 반지로 인하여 일생을 버릴 그런 못난 계집은 아니다. 오! 아니다!' 그는 벌떡 일어났다.

봉준은 저녁을 먹고 문밖으로 뛰어나갔다. 시원한 바람이 머리를 다소 거뜬히 해 주는 듯싶었다. 한참 우두커니 서 있던 그는 물 먹고 싶듯이 숙희가 그리워졌다. 어젯밤 오래도록 숙희 방에서 놀았건만, 불과 몇 시간이 지나지 못한 지금 생각해 보니 어언 삼 년이나 된 듯이 멀어 보이고 다시는 숙희와 마주 앉지 못

할 것 같았다.

그는 슬금슬금 걷기 시작하여 어느덧 숙희네 집 문 앞에서 걸음을 멈추었다. 마침 안에서 숙희가 길을 굽어보며 나왔다.

"재일 군, 집에 있나요?"

숙희는 머리를 들고 봉준을 올려다보았다.

"오빠는 금방 나갔는데요……. 아마 봉준 씨한테 가셨을 것 같애요."

숙희는 앞으로 걸었다. 봉준도 따라섰다. '이 여자, 어디 가는 걸까?' 이런 생각을 하니 가슴이 두근거리고 얼굴이 남몰래 달았다.

"숙희 씨!"

그는 발길을 멈추고 섰다.

"조용히 저를 만나 줄 수가 없습니까?"

"무슨 볼일이 있으세요?"

"네, 있습니다."

봉준은 앞장을 섰다.

"저를 따라오십시오."

"오늘은 제가 바쁜데요."

봉준은 모처럼 얻은 기회를 놓쳐 버릴까 봐 쩔쩔매었다.

"숙희 씨! 잠깐만 와 주십시오, 잠깐만!"

그의 음성은 떨렸다. 숙희는 웃음이 나오려는 것을 겨우 참고 잠잠히 그의 뒤를 따랐다. 무엇보다도 그의 하는 꼴을 보자는 호기심이 일었기 때문이다.

봉준은 숙희가 따르는 것을 알자 발길이 허공에 뜬 듯이 날아가는지 걸어가는지 분간조차 할 수 없었다. 따라서 '이것이 꿈인가?' 하는 의심도 몇 번이나 들었다.

그들은 남산 솔밭으로 들어섰다. 노송나무를 사이에 두고 둘은 마주 섰다.

"앉으셔요."

봉준은 양복 겉저고리를 벗어 깔아 놓았다.

"앉으셔요, 네?"

거의 애걸하다시피 하였다.

"괜찮습니다."

숙희는 여전히 소나무에 기대서 있었다. 아까 거리에 있을 때보다 훨씬 더 울울함을 느꼈다. 그러나 숙희는 속으로 '제가 무얼 어떻게 할 테냐! 제까짓 것이!' 하고 스스로를 달래니 한결 마음이 놓였다.

셀 수 없이 빽빽이 들어선 소나무는 마치 비밀회의로 모인 듯 무거운 침묵 속에서 머리와 머리를 맞대고 긴장되어 있었다. 그리고 솔밭 군데군데 떨어진 파란 달빛은 봄바람에 떨어진 꽃송이, 꽃송이 같았다.

"숙희 씨! 제가 올린 편지는 받아 보셨겠지요?"

"네."

"어째서 회답을 주시지 않았나요?"

자리가 자리인 만큼 숙희로서도 주저치 않을 수가 없었다. 그는 한참이나 무엇인가를 깊이 생각하다가,

"회답을 기다리셨습니까?"

모처럼 고대한 대답은 반문으로 되돌아왔다. 이렇게 반문하는 뜻을 봉준으로서도 대강 짐작하였다. 그렇지만 이리저리 따져 묻자면 공연한 시간만 허비할 뿐 새삼스럽게 과거 일을 탄해 가지고 말썽을 일으킬 필요는 없을 것 같았다.

"네, 기다렸습니다. 여러 말씀 필요 없습니다. 이미 숙희 씨가 편지를 통하여 저의 마음을 다 아셨을 테니까요……."

여기까지 말한 그는 숨이 콱 막혔다. 한참이나 머리를 숙이고 잠잠하던 봉준은 머리를 번쩍 들었다.

"이 한마디에 달린 것이올시다. 저의 사랑을 받으시겠습니까?"

봉준의 씨근거리는 숨소리가 빤히 들렸다.

숙희는 전신이 오싹하였다. 따라서 이 솔밭이 무시무시하게 느껴지자 그는 소나무를 힘껏 껴안고,

"봉준 씨는 부인이 있지 않습니까."

"네, 형식상으로는 있다고 볼지 모르오나 실은 저는 총각입니

다!"

이 말에 그는 악이 치받쳤다.

"총각이라구요? 차라리 솔직히 말씀해 주시지요."

"숙희 씨! 당신 앞에 손톱만치라도 거짓이 있다면 당장 벼락 맞으래도 맞겠습니다. 차라리 하느님을 속일지언정!"

그는 눈물이 툭 비어졌다.

"숙희 씨! 생전 처음으로 내 가슴속에 여자의 흔적이 있다면 당신의 환영(幻影)이겠지요. 밤낮으로 당신이 그리워 애쓴 죄밖에는 없습니다."

숙희는 속으로 걱정이 되었다. 끝날 줄 모르는 이야기를 언제까지나 듣고만 서 있을 수는 없을 터. 그렇다고 발길을 돌리려 하니 애걸복걸하는 봉준의 꼴이 불쌍하다 못해 곧 난처하였다.

"봉준 씨, 이 부족한 사람을 그렇게까지 생각해 주신다는 것은 제 몸에 지나친 영광으로 압니다만. 아직 철없는 저라서 사랑에 대하여서는 아무것도 모릅니다. 내려가십시다."

숙희는 발길을 옮겼다.

봉준은 아찔하여 얼핏 소나무를 쓸어안고 정신을 가다듬은 후 비실비실 따랐다. 멀리 사라지려는 숙희의 치마폭 사이로 은은한 달빛이 품겨 있었다.

정신없이 하숙으로 돌아온 봉준은 방바닥에 픽 쓰러져 끙끙 앓는 소리를 냈다. 주인마누라는 어찌 된 일인지 몰라 궁금하였다. 금방까지도 저녁 잘 먹고 시끄럽게 이야기하던 사람이 무섭게 앓는 소리를 내니 아마도 체했나 보다 하고 건너가 보았다.

"어쩐 일이세요? 어디 편치 않으세요?"

"네, 물 좀 주시구려."

봉준이 시뻘건 눈으로 쳐다보았다.

"효주야! 물 떠오나라!"

뒤이어 얼굴 나부죽한 어린 처녀가 두 손으로 시첩을 받들고 들어온다.

"선생님 아프시다."

효주는 어머니 뒤에 붙어 앉아 이따금씩 그를 엿보았다.

"옥 씨 오랄까요?"

"그만두셔요."

보기 좋게 꿀꺽꿀꺽 물을 들이켠 봉준은 바람벽을 향하여 돌아누웠다. 바람벽에 진 그림자를 보니 외로운 설움에 가슴이 미어졌다. 하여 그도 모르는 사이에 베개가 척척해졌다.

멍하니 바라보던 주인마누라는,

"물수건 해서 대 드릴까요?"

"수고시럽게……요."

주인마누라는 밖으로 나가 대야에 물을 떠 가지고 다시 들어왔다. 그리고 벽에 걸린 수건을 물에 적시어 머리에 번갈아 대 주었다. 훨씬 시원한 맛이 있었다.

신발 소리가 나자 재일이 성큼 들어섰다.

"어쩐 일인가?"

"갑자기 아프시답니다."

"어디?"

재일은 봉준의 곁으로 다가앉았다. 봉준은 감았던 눈을 슬그머니 떠서 재일을 보고는 그의 손을 꽉 잡고 흑흑 느껴 울었다.

"어디 아픈가, 응? 울기는…… 왜."

재일은 그의 이마를 짚었다.

"과다한데. 옥 씨 오셨댔나?"

"웬걸요, 아프신지 알지도 못할 터인데요."

"오라지. 밤에 적적하지 않아?"

재일은 친구를 생각함보다도 자기가 옥이 그리웠던 것이다. 매번 이 집을 찾게 되면 '행여나 옥이를 만날 수 있을까?' 하는 생각뿐이었다.

"그만두시라니까요."

"오라게, 원."

봉준은 잠잠히 눈을 감아 버렸다.

요 며칠 동안 재일은 옥에게 무슨 회보가 있을까 하여 지나가는 체부만 조사하고 다녔다. 그러나 해가 뉘엿해도 회보는 감감할 뿐 그가 예측한 바와는 완전히 어긋났다.

처음 생각은 며칠 안에 옥의 마음을 움직여 놓겠다는 것이었다. 그러나 반대 방향으로 몇 개월이 지난 오늘까지도 꿀 먹은 벙어리 모양이었다.

"어쩐 일일까? 내 수단 방법이 틀린 것인가?" 이렇게 혼자 중얼거렸다.

그는 난생처음으로 답답함을 느꼈다. 황금이면 만사에 거칠 것이 없다고 굳게 믿었던 신념도 다소 흔들리기 시작하였다.

최후의 실낱같은 희망은 옥의 뒤를 따르다 직접 행동을 취하는 것뿐 그 외에는 별도리가 없다고 생각했다. 그래서 밤이 되면 으레 옥의 하숙집을 몇 번씩 돌았다. 그러나 웬일인지 한 번도 기회가 마땅히 없었다. 방금도 옥의 하숙집에 들렀다 오는 길이었다.

"곤할 텐데 나가 보십시오."

눈이 거적해진 주인마누라를 쳐다보았다.

"에그, 참 졸리긴 합니다. 미안하나 저는 먼저 나갑니다. 앉았다 가십시오."

주인마누라는 제 무릎에서 잠든 효주를 깨워서 안방으로 건너갔다.

"여보게, 내 오늘 숙희 씨를 만나지 않았겠나?"

"응, 그래. 말 좀 해 보았나?"

봉준은 한숨을 푹 쉬었다.

"말해 무슨 소용인가?"

"그래, 거절당했다는 말이지?"

"응."

"직접 행동을 하여야지 말만 하면 누가 무서워하나그래? 손 한 번 걸쳐 보지 못한 모양이군."

그는 씩 웃었다.

"그런 일은 난 못 하네. 바루 성공을 못 하면 못 하고 말지."

"흥! 아직 멀었네. 그렇게 약해 가지고야 일이 되겠나?"

"여보게, 자네가 힘써 주게나!"

"물론 힘써 주지. 한데 여자 암팡진 것이 실은 여간 지독한 것이 아닌 모양일세."

옥을 두고 이런 말함임을 봉준도 짐작해 보았다.

"아무렴. 자네, 전에는 나 비웃댔지? 그리 단단히 지내보게."

"자네, 옥 씨랑 꼭 이혼할 생각이지?"

"새삼스럽게 그건 왜 묻나?"

어지간히 몸이 단 것을 알았다.

"글쎄……."

재일은 빙긋이 웃었다.

"아무렴. 숙희 씨를 생각하는 내 마음 잘 알지, 자네도?"

"그럼."

"그러면 그걸 묻는 자네가 그른 것 아닌가?"

재일은 멍하니 전등불을 바라보았다. 그는 무엇을 깊이 생각하는 듯하였다.

봉준은 재일을 사귄 후로 이러한 태도를 처음 보았다. 언제나 쾌활하던 재일이 이렇게 되기까지 얼마나 큰 고통을 당하였으랴 하고 생각하니 그가 불쌍히 보였다.

"자네도 사랑의 쓴맛을 이제야 보네그려."


재일은 자리에 누운 채 눈을 뜨자 엊저녁에 날치던 봉준의 꼴을 마치 활동사진으로 보는 듯하였다.

경험으로 미루어 길어야 몇 달이면 끝날 줄 알았던 봉준의 상사병은, 자기에게 알려진 후부터 준 이태가 지나서 올해까지 공부마저 전폐하게 하고 봄가을 내내 온전히 전문으로 종사를 하다가도 결국은 무서운 신경쇠약증까지 일으켜 봉준을 자리에서 일어나지 못하게 하였던 것이다.

그사이에 지나간 이태는 몰라도 올봄부터는 재일도 봉준을 동정하여 숙희를 대할 때마다 다만 한마디씩이라도 봉준의 이야기를 건네고 따라 숙희를 권면하였다. 그러나 언제나 숙희는 그만

그만하였다.

엊저녁에는 재일도 겁이 났다. 친구로서 봉준이 자신의 누이동생 때문에 생사를 분간치 못할 형편쯤 되고 보니 어쨌든 난처하였던 것이다. 더구나 옥이 안타까워하는 모습이란 사람으로선 못 볼 것이었다.

그는 자리에서 벌떡 일어났다. 옷을 입은 후 숙희 방으로 건너갔다. 숙희는 산뜻이 화장을 하고 앞문 앞에 앉아 수를 놓고 있었다. 방문 소리가 나자 숙희는 힐끔 쳐다보았다.

"숙희야."

그는 바늘을 든 채 재일을 보았다. 아직 이마에는 베개 자국이 있었다. 재일은 얼결에 이렇게 부르고 나서도 갑자기 무슨 말부터 꺼내야 좋을지 몰랐다.

"왜요?"

왔다 갔다 하던 재일은,

"너 어째서 그렇게 널 사모하는 김 군을 싫어하니? 무엇 때문이냐?"

숙희의 눈꼬리가 샐쭉해졌다. 아무 말 없이 바늘 꽂았다 빼는 소리만 잦아질 뿐이다. 숙희의 꼴을 보니 오늘도 틀린 모양이었다. 재일은 음성을 낮추었다.

"숙희야! 이 오빠는 생각지 않니? 오늘만 부대 가자. 가서 잠깐만 앉았다 오자꾸나. 그 정도야 무에 힘들 것 있니, 응? 대답해라."

재일은 애걸하다시피 하였다.

숙희는 언제까지나 말이 없었다. 재일은 마음 같아선 달려들어 실컷 쥐어박아 반쯤 용신을 못 하게 만들어 주면 좋을 상으로 생각되었다.

시재 펄펄 뛰는 생떼 같은 청년이 저 하나 때문에 죽네 사네 하는 판인데도 말똥말똥 무슨 생각만 하고 앉았는 것이 재일로 하여금 눈에 불이 나도록 안타깝게 했던 것이다.

그러나 그는 꾹 참고,

"어찌겠니?"

숙희는 바늘을 저고리 섶에 꽂고 재일을 뚫어지도록 바라보았다.

"오빠! 제발 그런 말씀 말아 주세요. 세상에서 봉준 씨 한 분만이 그런 고통을 당하는 것 아니잖아요? 그런 것을 볼 때마다 어떻게 일일이 동정합니까? 심하게 말하면 죽는대도 할 수 없는 일이지요, 네! 오빠, 그렇지 않습니까?"

숙희의 얼굴에 슬픈 빛이 돌았다.

"숙희야! 그러면 너는 봉준 군을 죽게 놔두려느냐, 응?"

그의 눈에 봉준이가 보였다. 뒤따라 어여쁜 옥도 보였다.

"죽는 사람은 약자지요. 못난이지요. 어찌해서 귀한 일생을 일

개 미미한 계집 때문에 목숨을 버린다는 것입니까……."

재일은 분이 왈카닥 치밀었다.

"야! 사설만 지껄이지 마라. 너도 무슨 사람값에 가는 줄 알아! 에잇, 저런 매몰스런 계집애하고 말하다가는 아주 기막혀 죽겠네! 어데 얼마나 버티나 보자."

그는 휙 나가 버렸다.

숙희는 얼굴이 새파랗게 질려 가지고 돌부처 모양으로 앉아서 꼼짝하지 않았다. 눈물을 흘린다는 것이 그저 몇 분 후에 한 방울씩 떨어질 뿐이었다.

연희가 안으로 황당히 들어왔다.

"어째 그러니? 또 그 일 때문이냐?"

연희의 까만 눈에서는 벌써 눈물이 핑 돌았다. 그리하여 마치 낙숫물 지듯이 흐르는 것이었다.

숙희는 말똥히 연희의 들먹이는 어깨를 바라보며 '저렇게 속 시원히 울어 봤으면.' 하고 눈물 많은 것을 부럽게 생각했다.

따라서 봉준의 일은 난처하였다. 그러나 어여쁜 아내를 둔 봉준이 또 자기를 생각하여 죽네 사네 한다는 것이 어쩐지 자기로서는 색마와 같이 생각되었다. 어쨌든 순결치 못한 것이 미웠던 것이다. 돌이켜 장가 한번 못 간, 이름만이라도 총각인 사람이 그 지경이 되었다면 장래는 어찌 되었든 우선 그의 순정에 마음

156

을 조금 움직여 나갔을지 모를 일이었다.

무엇보다도 옥에 티가 있을지언정 이십여 년 꼭 봉해 두었던 흠도 티도 없는 정조를 아내 있는 사람에게 바친다는 것은 암만 눈 감고 생각하여도 못 할 일이었다.

하지만 눈앞에서 봉준의 꼴을 본다면 그도 사람인지라 어떻게 될지 몰라서 아예 가기 싫다는 것보다는 두려운 마음이 앞섰던 것이다. 그러므로 몇 달째 눈 딱 감고 모른 체하여 왔다.

한참이 지나도 연희는 울었다. 숙희는 이상한 생각으로,

"언니, 일어나라우."

하며 연희의 어깨를 흔들 때 그의 무릎 아래로 샛노란 들국화 한 송이가 보였다.


요 며칠 동안 옥은 학교도 결석하고 밤낮으로 봉준을 병간호하느라 눈코 뜰 짬이 없었다. 그러나 애쓴 보람도 없이 병세는 점점 더 깊어 갔다. 아침도 먹는 둥 마는 둥 한 옥은 영실을 데리고 숨차게 달음질쳤다.

방으로 들어간 그는 봉준 곁으로 다가앉았다. 두 눈이 푹 꺼진 봉준은 눈을 들어 옥을 보다가 영실을 보자 갑자기 눈을 둥그렇게 떴다.

"숙희 씨!"

벌떡 일어났다. 하여 뚫어질 듯이 영실을 바라보는 것이었다.

"아냐요, 우리 주인집 학생 영실이야요."

영실은 겁이 나서 방구석으로 쫓겨 가 앉는다.

봉준은 도로 자리에 푹 꺼꾸러졌다. 그는 눈물이 툭 비어졌다.

"숙희 씨! 나는 총각이야요. 당신한테 무슨 거짓말을 하겠습니까?"

정신없이 이런 소리를 연거푸 하며 돌아누웠다.

주인마누라가 미음 그릇을 가지고 들어온다. 옥은 일어나 그것을 받아 들고 남편 곁으로 가서 앉았다.

"여보셔요, 미음 좀 잡숴 봅시다, 네? 이리 돌리세요."

옥은 봉준의 머리를 이편으로 돌리려 하였다. 그는 옥의 손을 탁 갈기며,

"너희 다 가라! 보기 싫다!"

미음 그릇이 쏟아졌다.

"에크!"

주인마누라가 안방에서 걸레를 갖다 옥에게 주었다. 그가 귀한 미음을 다 훔쳐서 들고 일어나자 주인마누라가 그것을 받아 가지고 밖으로 나갔다.

곁에서 보는 영실은 어리둥절하였다. 뒤따라 숙희가 한편으로는 부럽다는 생각이 들었다. 동시에 감정 가진 사람 같지 않아

보였다.

옥은 돌아누운 남편의 살 빠진 볼을 마냥 바라보고 있었다.

"여보, 옥이. 숙희 좀 오라소그려. 한 번만 봐도…… 네? 숙희 좀 제발 데려다주."

옥은 획 일어났다.

"영실아, 너 숙희네 집 알지?"

"응."

"그럼, 대문까지만 데려다주렴."

"갑시다."

둘은 밖으로 나왔다.

고래 잔등 같은 세마루 기와집 앞에서 영실은 걸음을 멈추었다.

"이 집이니?"

어쩐지 옥의 가슴은 선뜩하였다.

"어쩌겠니? 여기 서서 기다리겠니, 같이 들어가겠니?"

한참이나 생각하던 영실은,

"어떡합니까? 같이 들어갑시다."

옥은 다행이라고 생각했다.

"안되었다, 영실아."

"언니도 별말씀 다 하십니다."

영실은 대문 안으로 들어서자 뚱뚱한 살빛 좋은 부인을 향하여 가볍게 머리를 숙였다.

"오, 영실이 오니?"

부인의 눈매를 보아하니 즉석에서 옥은 숙희 어머니로 알았다. 부인은 뒤에 섰는 옥을 유심히 보고 나서 머리를 돌렸다.

"숙희야, 너의 동무들 왔다."

건넌방 문이 열리면서 숙희의 반신이 나타났다. 옥은 못 볼 것을 본 것처럼 끔찍하였다.

"영실아, 옥 씨! 어서 들어오세요."

숙희는 일어섰다. 연희도 내다보았다.

그들은 방 안으로 들어앉았다. 갑자기 맴돌다 멈춘 것처럼 옥은 어지러웠다. 앞에서도 번쩍, 뒤에서도 번쩍, 모든 것이 어른어른하였다. 그는 가만히 정신을 가다듬어 차례차례로 둘러보았다. 첫눈에 띈 것은 책상에 치쌓인 책이었다. 그리고 대문짝 같은 체경이 죽 둘려 놓인 것은 농궤였다.

"용하십니다, 옥 씨."

"이렇게 와야 다 반가이 보지요."

옥은 숙희를 바라보며 웃어 보였다. 숙희는 그를 마주 보며 전날 보았던 옥과는 딴판으로 생각되었다. 수양이란 사람을 다시 만들어 놓는 것이다 하였다.

숙희는 살짝 눈을 돌려,

"어째서 영실이가 우리 집에 놀러 안 왔니? 아마 공부만 열심으로 하지?"

"공부가 다 무어냐?"

숙희는 밖으로 나갔다.

연희는 옥을 쇠쇠 들여다보며,

"어떠신가요, 요새는?"

"글쎄요, 말이 안 나옵니다."

옥은 한숨을 후 쉬었다.

"에그, 딱해라! 오작이나 안타까우시겠어요."

"무섭던데요."

영실은 동을 달았다.

숙희는 과일 그릇을 가지고 들어왔다. 오목오목한 손으로 배 한 알을 들고 껍질을 깎았다.

"이제 밥 먹고 왔는데요."

옥은 숙희의 손을 보았다.

"이것이 배부를 것이야요? 밥 먹은 후에는 일부러 배 한 쪽씩 먹는 것이 좋대요."

상긋 웃었다. 하얀 이가 보였다. 이렇게 천연스레 이야기하면서도 가슴은 조급하였다.

숙희가 주는 배 쪽을 받아 입에 넣은즉 꽤 시었다. 옥은 억지로 깨무는 척하면서 어떻게 말하여 숙희를 데려갈까 하였다. 이번 자기 말에 따라 남편의 운명이 결정될지도 모른다고 생각하자 온몸에 소름이 쫙 끼치는 것이었다.

한참이나 이렇게 생각한 그는 얼굴을 번쩍 들고 숙희를 똑똑히 보았다.

"숙희 씨! 이런 말 하는 저를 용서하여 주십시오."

옥의 입술은 푸르르 떨렸다. 그리고 두 볼이 화끈 달기 시작하였다.

그들은 미리 예측한 만큼 새삼스럽게 더 놀라지는 않았다.

"네, 무슨 말씀이든지 하십시오."

숙희는 심상스레 말하였다.

"숙희 씨, 잠깐만 우리 집에 놀러 가십시다. 긴급히 볼일이 있어서요."

"네, 무슨 볼일인지 대강 이야기하십시오. 그래서……."

말을 채 마치지 못하여,

"숙희 씨, 당신은 참으로 모르십니까? 한때를 돌아봐 주시지요. 그러면, 그러면 얼마나 고마울는지요……."

숙희는 잠잠히 있었다. 연희는 왈칵 일어나 숙희의 손목을 잡아끌었다.

"숙희야, 옥 씨가 오신 것을 생각해서라도 이번만은 가야 한다,

응? 숙희야!"

연희의 눈에 눈물이 괴었다.

"언니 미쳤나 봐요. 왜 이러셔요?"

연희를 흘겨보고 나서,

"옥 씨, 나는 당신이 불쌍해서 못 가겠습니다. 만일 당신이 없었다면 벌써 가 보았을지도 모릅니다. 당신이 남편을 사랑하여 저를 찾아오신 만큼, 저 역시 당신을 생각하여 죽기로써 못 가겠습니다!"

숙희의 얼굴은 새파랗게 질렀다. 이 말에 옥은 절망하였다. 곧이어 머리끝까지 치솟는 분함에 따라 눈앞이 점점 암흑으로 변해 가는 것이었다.

"숙희야! 너 나를 사랑하지? 내가 만일 죽게 된다더래도, 네 힘으로 구할 수 있는데도 불구하고 내버려 둘 터이냐?"

숙희는 연희가 연해 덤비는 꼴을 바라보았다.

"언니! 왜 그런 말까지 하여요?"

"숙희야! 제발 가다오, 가다오. 오작이나 불쌍한 사람이냐."

연희가 숙희를 잡아 일으켰다.

"흥! 가기는 어데를 가요!"

영실은 옥의 손을 잡아끌었다.

"언니, 가자오."

"그래, 못 가시겠다는 말이오?"

"무엇하러 가요!"

숙희는 딱 떼어 버렸다. 어물어물하다가는 이때껏 고집해 온 것이 무효로 돌아가고 말 것 같았다.

방문이 열리자 숙희 어머니가 들어왔다.

"무슨 일들이냐?"

영실은 옥의 손을 슬며시 놓고 앉았다.

"어머니, 아무것도 아니야요."

숙희는 이렇게 말하고 배 쪽을 들었다.

숙희 어머니는 한참이나 우두커니 서서 여러 사람을 휘뚜루 살펴보다가 밖으로 나갔다. 뒤이어 담뱃대 치는 소리가 요란스럽게 들려왔다.

옥은 더 이상 앉았을 수가 없었다. 하여 일어났다.

"숙희 씨, 실례 많이 했습니다. 다 용서해 주시구려."

숙희는 잠잠히 따라 일어났다.

옥과 영실은 정신없이 걸었다.

"언니, 속 태우지 마우. 곧 낫겠지, 무얼 그래?"

옥이 애쓰는 꼴이란 차마 눈 뜨고는 볼 수 없는 것이었다. 한참이나 뛰어가던 옥은 거리바닥에서 쿵 넘어졌다. 지나가던 사람들이 한 번씩 돌아보고 피식 웃었다. 아이들이 이리로 달려왔다.

영실의 두 귀밑이 화끈화끈 달았다.

"언니, 천천히 가요."

영실이 그를 잡아 일으켰다. 옥은 앞이 아득해지며 재차 넘어졌다. 영실은 너무 안타까워서 슬그머니 부아가 났다. 아이들이 바짝 다가와 숨이 답답하리만큼 쳐다보았다.

영실은 겨우 옥을 일으켜 그의 손을 꼭 붙들었다.

"언니! 정신 차려요."

옥을 쳐다보았다. 옥의 이마에 땀이 송골송골 맺혀 귀밑으로 흐르는 것이었다.

바라보니 붉은 옷 입은 죄수들이 간수들에게 호송되어 지나갔다. 영실은 발길을 멈추고 섰다.

"오빠!"

얼굴 긴 사나이가 이편을 힐끗 돌아보고는 말없이 지나가는 것이었다. 영실의 가슴이 무섭게 뛰는 것을 보고 옥은 깜짝 놀랐다.

"웬일이야? 누구니?"

"저기 가는, 셋째로 선 사람이 우리 오빠야요."

그는 눈을 둥그렇게 떴다.

"오빠? 어머니가 말씀하시던 오빠…… 그 오빠니?"

영실의 눈에서 눈물이 핑 돌아 떨어졌다.

옥은 걸어가는 그들의 뒷맵시를 바라보았다. 따라서 영실 어머니가 눈물 섞어 이야기하던 마디마디가 가슴을 울렸다. 몇백 명의 노동자를 위하여 제 몸을 희생해 바친 영실 오빠. 이렇게 생각하고 나니 정신이 바짝 들었다.

"오빠! 내 오빠도 되는 것이다!"

그는 영실의 손을 뿌리쳤다. 그리고 그들이 밟고 간 넓은 길을 끝없이 바라보았다.

영실은 눈을 비비치며,

"언니, 가자우."

하고 옥의 손을 잡았다.

"봐라!"

옥은 우뚝 서서 무엇을 깊이 생각하더니,

"오빠가 밟고 간 이 길로 우리도 가야 한다, 영실아!"

그의 음성은 떨려 나왔다. 영실은 멀거니 바라보며,

"언니 미쳤나 봐. 어서 가자우요!"

# 옥이

중로에서 영실을 먼저 보낸 옥은 과거를 곰곰이 생각하며 걸었다. '나는 어떠한 길을 걸었나? 아니, 나도 사람인가? 밥 먹고 옷 입을 줄 아니 사람인가, 울고 웃을 줄 아니 사람인가? 응! 그건 아니다! 울었다면 나를 위하여 울었더냐? 웃었다면 진정한 나의 웃음이었더냐? 모두가 봉준을 위하였음이다. 두루뭉수리 삶이었다! 이러한 삶을 계속하려고 안타깝게 울었던 것이다. 불쌍한 인간!' 그는 이렇게 부르짖고 대문간에 들어섰다.

방으로 들어간 그는 묵묵히 봉준을 보았다. 봉준은 일어나려다 도로 픽 쓰러졌다. 다시 머리를 돌려 눈이 찢어지도록 쳐다본 그는,

"또 못 데려왔구려! 숙희! 숙희야! 네가 나를 죽이려느냐. 한

번만 뵈어 다오, 한 번만……."

눈물이 주르르 흘렀다.

시름없이 바라보던 옥은 속으로 '불쌍한 인간! 차라리 울 바에
는 너를 위하여 울어라. 좀 더 나아가 여러 사람을 위하여 울어
라! 한낱 계집애를 생각하여 운다는 것은 너무나 값없는 울음이
아니더냐!' 하고 부르짖을 때 아까 본 영실의 오빠가 머릿속에
똑똑히 떠오르는 것이었다. 하여 가슴속에 깊이깊이 들어앉았던
남편인 봉준이 차츰차츰 희미하게 사라지기 시작하였다. 봉준을
물끄러미 바라보았다. 그의 핏기 없는 아웅한 얼굴, 진그락지 같
은 흰 손을 보니 마치 송장을 보는 듯했다. 그리고 이때처럼 아
무 미련 없이 봉준을 불쌍하게 본 적이 없었다.

옥은 골치가 지끈해지며 두 귀가 윙윙 울렸다. 그에 따라 메슥
메슥해지며 맑은 침이 획 도는 것이었다. 방 안에 꽉 들어찬 무
거운 공기 때문에 그렇게 되었던 것이다.

벽을 향하여 누웠던 봉준이 이편으로 돌아누웠다.

"여보. 이혼해 주겠소, 못해 주겠소? 당신 말 한마디에 달린 것
이니까."

숙희가 여태 자기를 냉대하는 것은 오직 옥 때문이라 생각되었
던 것이다. 옥은 눈을 똑바로 떴다.

"네, 해 드리지요. 이때까지 온 것도 그만큼 제가 어리석었기

때문입니다. 아니 못난 탓이었습니다!"

봉준은 너무나 뜻밖의 대답에 오히려 서먹하였다. 하여 이상하다는 눈길로 그를 한참이나 바라보았다.

"참말입니까?"

"네, 참말이지요."

이렇게 대답하는 순간 답답한 토굴 속을 벗어나는 듯하였다.

그들은 한참이나 말없이 있었다. 옥은 더 이상 앉아 있을 수 없을 만큼 코밑이 달아 왔다. 더구나 바라보기부터 뜨거워 보이는 전등불이 안타깝게도 고요하였다. 그는 벌떡 일어났다.

"가겠습니다."

이 말 한마디를 남기고 미련 없이 시원스럽게 뛰어나갔다.

대문을 나서자 선들선들 부는 바람이 그의 전신을 날듯이 가볍게 하여 주었다. 따라서 그의 앞에 나타나는 모든 것은 새것으로 그의 눈을 둥그렇게 하여 주었다. '왜 이럴까?' 자신을 향하여 물어보았으나 일정한 대답이 없이 머리에 떠오른 것은 아까 그들이 밟고 간, 아득해 보이는 훤한 길이었다.

그는 깜짝 놀랐다. 어둠 속에서 따뜻한 손이 그의 손을 꼭 잡는 것이었다. 그는 탁 뿌리쳤다.

"옥 씨!"

목소리가 가늘게 떨려 나오는 것을 보아 여자임을 알았다.

"누구세요?"

"저예요."

순간 그는 누구일까 하다가 숙희가 얼핏 생각났다.

"숙희 씨세요?"

"아뇨, 연희입니다."

"네, 들어가 보시지요. 저는 너무 곤한 끝에 머리가 아파서 돌아가는 길입니다."

전 같으면 이렇게 돌아가지도 않았겠지만, 더구나 이런 말도 못 하였으련마는 심상히 내쳐 버렸다.

"옥 씨! 잠깐만 같이 들어가 주세요."

옥은 난처하였다. 모처럼 생각하고 온 손님의 말을 거절할 수 없는 터. 전 같으면 으레 자기로서는 안내하여야 할 처지인 줄 번연히 아는 만큼, 그렇다 하여 다시 그 방으로 들어가기는 죽기보다도 싫은 생각이 났다.

"연희 씨, 용서하십시오. 제가 극도로 몸이 괴롭습니다."

안타깝게 거절하는 옥의 말에 연희는 이상히 생각되었다. 그러나 요리조리 따져 생각하려니 뒤범벅이 된 머리가 그것을 허락지 않았다.

"네! 곤하시겠지요."

이렇게 대답하면서, 안타깝게 오라는 숙희는 아니 오고 기다리

지도 않은 자기가 온 것이니만큼 당연한 일이다 생각했다. 옥은
이 자리에서 금방 죽는다 하더라도 봉준의 방에는 다시 들어가
고 싶지 않았다.

"그럼 실례합니다."

옥은 앞으로 달음질쳤다. 숨이 차서 달려간 그는 안방으로 들
어갔다.

"어머니, 밥 주어요."

며칠 만에 처음으로 듣는 생기 있는 말이었다.

"응, 주지. 어찌 되었나?"

옥의 손을 잡고 근심스러운 듯이 영실 어머니가 들여다보았다.

"그저 그렇지요. 어서 밥 주어요, 밥!"

옥은 빙그레 웃었다.


연희는 매일 밤 가서 봉준의 병을 간호하였다. 연희가 열성으
로 간호한 덕분인지 봉준은 차츰차츰 회복되기 시작하면서 가슴
속 깊이깊이 들어앉았던 숙희가 저절로 흔적을 감추는 것이었다.

반면에 봉준은 연희에게다 마음을 붙이고 다시 하늘을 보게 되
었다. 그만큼 연희의 순정에 눈물이 날 만큼 감복되었던 것이다.

그는 완전히 회복되자 옥이 원망스러웠다. 누구나 자기가 한
것을 생각 못 하는 것처럼, 봉준 역시 마찬가지였다.

그날 밤 뛰쳐나간 옥은 그 날로 발길을 딱 끊었다. 그에 따라 새록새록 옥의 신변을 조사하면 할수록 이상하게도 봉준의 마음은 옥에게로 돌아갔다. 옥이 학교에서 우등생으로 선생이나 학생들 간에 온갖 사랑을 혼자 다 받고 있다는 것, 더구나 재일이 미쳐서 덤비는 꼴을 보고 생긴 야릇한 복수심 때문에 이렇게 되는 것이었다.

그리하여 성화 부리듯 재촉하던 이혼도 일체 그만해 두고 도리어 옥의 눈치만 슬금슬금 보는 것이었다.

어느 날 밤 그는 하도 궁금증이 나서 종로 네거리로 휘뚜루 쏘다니다가 그만 새로 한 시쯤 되어 옥의 하숙집을 찾았다.

대문은 걸려 있었다. 그는 뒤창 쪽으로 갔다. 하여 가만히 동정을 살피니 옥이 자는 모양이었다. 그래서 깨울까, 그만 갈까 하며 한참이나 망설이던 끝에,

"옥 씨!"

하고 불렀다. 잠잠하였다. 이미 찾아온 김이다. 내처 불렀다.

"여보, 자우? 옥 씨, 여보!"

봉준은 창문을 지긋지긋 잡아당겼다. 첫잠 들었던 옥은 문 잡아당기는 결에 놀라 가만히 귀를 기울였다.

"여보, 옥 씨!"

익히 듣던 목소린데도 얼핏 생각나지 않았다. 그래서 그는 가

만히 일어나서 창가로 갔다. 순간 '봉준이다.' 하였다. '무엇하러 그가 이 밤에 나를 찾아왔을까? 무슨 볼일이 있나? 무슨 일일까?' 이렇게 의문이 들었다.

"누구세요?"

"봉준입니다."

"네! 무슨 볼일이 있어요?"

이 말에 봉준은 부쩍 의심이 났다. '누가 방에 있나? 그렇지 않으면 저로써……'

"네, 볼일이 있습니다. 문 좀 열어 주시오."

옥은 더듬더듬 옷을 주워 입고 밖으로 나가서 대문을 열었다. 봉준이 대문 쪽으로 왔다.

"그간 평안하셨소?"

첫잠에 무르익은 그의 토실토실한 두 볼이 달빛에 한층 아담스럽게 보였다.

봉준은 그의 손목이라도 와락 붙잡고 싶게 무척 반가웠다.

"어떻게 이 밤에 오셨어요?"

"당신이 오지 않으니까 보고 싶어 왔지요."

그의 귀에 능청맞게 들렸다.

방으로 들어간 그들은 깊은 침묵에 잠겼다.

"무슨 볼일이세요?"

그는 봉준을 바라보았다.

"볼일은 무슨 볼일이야, 당신 보고 싶어서 왔다니까."

"갑자기 그렇게 보고 싶더이까?"

"그럴 수도 있지요."

"왜? 요새 신부인 생겼다던데, 나 같은 것이 보고 싶어요?"

옥은 입을 꼭 다물고 책상을 바라보았다. 봉준은 옥을 뚫어져라 하고 보더니,

"여보, 당신 마음이 요즈음 달라진 것 같구려."

"네? 달라졌다고요? 어떤 점으로 보아 하는 말씀입니까?"

"어떤 점으로 보다니?"

봉준의 눈은 분함과 노여움으로 뒤집혔다.

"물론 당신의 자유를 누가 말릴 수는 없지만 너무하오."

이것이 무엇을 의미하는지 옥은 번연히 알았다. 하여 그는 봉준의 뒤집힌 눈을 피하지 않고 마주 쏘아보았다.

"네, 나도 이제부터는 나의 삶을 계속하여 보렵니다. 그러니까 과거와는 달라진 삶이겠지요!"

봉준은 어딘가 모르게 굳세게 나오는 그의 말에 다소 놀라지 않을 수 없었다. 따라서 그에 대한 애착심이 점점 더하여지는 것이었다.

"여보, 당신도 좀 배웠다는 티를 내는구려. 이를테면…… 흥."

봉준은 아니꼽다는 듯 고개를 외로 꼬았다. 한참 후에 봉준은,

"여보, 그러지 마우. 어머니 생각을 해서라도 당신만은 버텨야지. 나는 아직 셈이 없어 그러려니, 천성이 그래 그러려니, 하고 막 치워 놓구라두 당신만은 꾸준히 우리 집을 위하여 살아야 하지 않겠소. 당신, 어머니의 유언을 잊었구려?"

하고 자기의 말에 감격하여 눈물을 흘렸다.

"어찌 그런 말씀을 하시는지 나로서는 알 수가 없군요. 밤낮으로 이혼해 달라고 졸랐지요? 한데 새삼스럽게 오늘 와서 이렇게 말씀하는 뜻은?"

"그래, 내가 그런다고 당신 다른 데로 시집가려는구려?"

봉준은 옥을 껴안았다. 그리고 번개같이 옥의 볼에 제 볼을 마주 대는 것이었다.

옥은 있는 힘을 다하여 봉준을 뿌리치고 휙 일어났다.

"여보! 나는 당신의 아내가 아닙니다. 이런 무례한 짓을 얻다가 합니까? 가요!"

그의 목소리는 날카로웠다.


봉준은 어젯밤 지난 일을 생각하면 단박이라도 달려가서 옥을 쳐 죽이고 자기도 그 자리에서 세상을 끔벅 잊고 싶었다. 어머니가 코, 침 질질 흘리던 옥을 데려다가 자식 못지않게 사랑하여

곰상곰상 키워서 세대를 전부 내맡긴 것임에도 불구하고 어쩌고 저쩌고하는 것이 죽도록 미웠던 것이다.

첫새벽에 그는 영철 선생에게 짤막한 편지를 써서 부쳤다. 몇 달 만에 처음으로 쓰는 것이었다. 편지한 지 이틀 만에 영철 선생은 단박 경성으로 올라왔다.

이렇게 속히 오리라고는 생각지 못했다가 뜻밖에 선생을 만나 놓으니 그는 말문이 콱 막혔다.

"편지 보셨습니까?"

"보았네. 그래, 무슨 소린지 몰라 왔네마는……."

선생은 봉준을 자세히 살폈다. 그리하여 그의 속까지 꿰뚫어 보려는 듯하였다. 전부터 그를 못마땅하게 앎으로 인하여 그의 말만 듣고는 신임할 수가 없었다.

"이제 옥이한테도 갔다 왔네마는 학교 가고 없더군."

"가셨댔나요……. 뭐, 아무래도 이혼은 되는가 싶습니다."

"함부로 지껄이지 말게. 하면 다 말인 줄 알고 떠드네만……. 옥이가 그럴 리 있나?"

봉준은 웃었다.

"예, 물론 선생님도 저를 의심하는 줄 번연히 알고 있으니까요. 믿는 나무에 곰이 핀다고……. 그렇게들 예수 믿듯 믿으시더니 아주 잘되었습니다."

그는 천장을 올려다보았다.

문이 열리자 재일이 들어왔다. 그는 아랫목으로 가서 펄썩 주저앉아 비스듬히 바람벽에 기대앉았다.

"여보게, 옥 씨 오셨댔나?"

"밤낮 옥이, 옥이. 그렇게 보고 싶으면 직접 가서 보게나."

봉준은 슬그머니 싫증이 나면서도 겉으로는 웃음으로 쓸어쳤다.

선생은 어뜩비뜩한 난봉 같은 사내 입에서 옥의 이름이 오르내리는 것이 싫었다. 그래서 고개를 외로 꼬고 괴로운 낯빛으로 잠잠하였다.

재일은 봉준을 향하여 눈을 껌뻑하며 선생을 위아래로 훑어보았다. 봉준은 씩 웃었다.

"여보게, 나도 장가가야 되지 않겠나?"

"중매할까?"

봉준의 눈치를 보아 저 사람이 누군지 대강 짐작하였다. 전부터 영철 선생의 이야기는 봉준을 통해 몇 번 들었던 것이다.

"하게, 연희 씨로 하게."

이 말을 듣자 선생은 쾌씸한 생각이 들어 그들을 몹시 아니꼽게 보았다. 그러나 모든 일은 옥을 만나 봐야 알겠으므로 어서 바삐 옥이 오기를 조마조마 기다리었다.

안방 시계가 다섯 시를 쳤다. 신발 소리가 점점 가까워지자 방문이 가만히 열렸다.

"선생님!"

옥은 어린애처럼 뛰어 들어와 선생의 곁으로 바싹 다가앉았다. 그에 따라 아득히 먼 고향에서 온 선생을 보니 마치 꿈을 꾸는 것 같았다.

"공부 잘했나?"

옥은 선생의 둥글둥글한 웃는 맵시를 보며 어머니나 아버지를 대한 듯하였다.

"에그, 선생님! 어떻게 오셨어요?"

생각할수록 신통하여 옥은 선생을 쇠쇠 들여다보았다.

"옥 씨, 그새 공부 잘하셨습니까?"

옥은 재일을 바라보았다.

"인사가 늦었습니다. 우리 선생님 오신 것이 하도 반가워서요."

"자네 얼굴이 전보다 좋군."

선생은 옥을 쇠쇠 들여다보았다.

옥은 잠깐 동안 봉준의 기색을 엿보았다. 그는 잠잠히 딴 곳만 바라보고 가볍게 한숨만 쉴 뿐이었다.

옥은 눈을 돌려 선생을 두루두루 살폈다. 그의 풍아스러운 옷 맵시, 땅 파다 온 갈라진 손, 그리고 꾸밈없는 질박한 말투가 농촌의 진경을 연상케 하였다.

"선생님, 농사는 어찌 되었습니까? 조도 잘되고, 벼도 잘되었나요?"

"되기는 다 쑬쑬히 되었네마는…… 어찌 된 일인지 전보다 더 어려워 지내는 모양이니 난처하지. 그리고 자네네 앞집 쇠돌네가 작년 가을에 북만주로 가고, 올봄에도 십여 가구가 만주로 떠났다네."

옥의 눈이 둥그레졌다.

"쇠돌 할머니도 가셨겠지요?"

시어머니가 돌아가신 후로는 집안에 답답한 일이 나든지 혹은 아직 서툰 것이 있든지 하면 쇠돌 할머니가 그를 찾아오거나 그가 일감을 떠들고 할머니를 찾아갔다. 하여 저고리부터 시작하여 속옷을 암질러, 음식이라고는 겨우 밥이나 할 줄 알았던 그가 두부, 무, 떡막붙이, 비지 같은 것에 이르기까지 모두 그 할머니의 가르침을 받았던 것이다.

할머니의 쪼글쪼글한 얼굴, 꼬부라진 허리, 무슨 일을 할 때면 쇠눈 같은 안경을 쓰던 것이 시재 눈앞에 보이는 듯하였다.

"그들이 만주로는 무엇을 하러 갔나요?"

눈물이 핑 돌았다.

신문을 통하여 농촌 형편을 대강 짐작은 했지만 막상 낯익은 고향 사람들이 만주로 떠났다는 소리를 들으니 마치 자기 일이나 된 듯하였다.

"만주에서는 누가 이마에 손 얹고 기다린답더이까?"

봉준, 재일까지도 멍하니 그들의 이야기를 듣고 있었다.

"그곳에는 땅이 흔하다대? 그래서 농사지으러들 가지. 우리 근처서 몇몇 들어간 사람들은 아조 넉넉히 지낸다는데."

옥이 흘리는 눈물을 물끄러미 바라보며 당연할 것이다 하였다.

"땅이 흔하면 거저 준다나요! 내 땅을 떠나가면 무얼 해요. 지금도 떠나겠다는 어리석은 사람들이 있거들랑 선생님께서 제발 말려 주세요. 그 앞길을 막고 사정없이 때려 주세요. 아니 반쯤 죽여 주세요! 굶어 죽어도 내 땅에서 굶어 죽고 빌어먹어도 내 고향에서 빌어먹어야지요!"

선생은 어리둥절하여 옥을 보았다. '아마도 제 마음이 시끄러운 데 빙자하여 가지고 저러나 부다.' 하고 생각하니 더욱 가엾게 보였다. 하여 마음을 풀어 줄 양으로,

"말이 그렇지, 걱정 말게. 세상은 다 그런 것 아닌가? 고생으로 된 세상이니까."

이 말에 옥은 예수교 말이 나온다 하고 생각했다.

봉준은 옥이가 떠드는 것이 밉광스러웠다.

"옥이, 선생님 앞에서 똑똑히 말하오. 선생님께서는 내 말은 믿지 않으시니까. 당신은 내 아내가 아니라지요?"

선생은 옥을 똑바로 바라보았다.

"언제 우리가 부부 되었던 일은 있었나요? 당신이 늘 하신 말씀과 같이……."

봉준은 선생을 쳐다보았다.

"자, 어떠합니까? 이래도 제 말을 곧이듣지 않겠습니까?"

선생은 멍멍하니 아무 대답도 못 하고 한참이나 옥을 보다가,

"여보게, 자네가 아무래도 미친 모양이네. 사람의 정신을 가지지 못하였어! 자네가 참말로 옥이인가?"

"네, 옥이는 옥입니다마는 옛날 같은 그 어리석은 옥이는 아니올시다."

"어리석은 옥이! 그것은 또 무슨 말인가? 흥! 서울이 사람을 못 쓰게 만든다고 하더만, 겨우 일 년이 못 가 이렇게 된단 말인가? 자네만은 내가 믿었네마는……."

순간 선생의 눈에 떠오른 것은 봉준 어머니의 새하얀 얼굴이었다. 그리고 '저 어린것들을 선생님한테 맡깁니다. 부디 잘 길러 주시오!' 하고 재삼 부탁하던 그의 말이 귀에 들리는 듯하였다.

근 십 년 동안을 그들의 선생 겸 엄한 아버지 겸 자상한 어머니가 되어 키웠더니 그 보람도 없이 글쪼각 좀 속에 들었다고 제멋대로 구는 것이 무엇보다도 난처했다.

선생은 한숨을 푹 쉬고 나서,

"내려가! 배우라고 서울 보냈지, 그런 수작하라고 보낸 것이 아니야!"

냅다 소리를 질렀다. 봉준은 가슴이 시원하도록 통쾌하였다. 옥은 가슴이 송구해졌다. 선생의 꾸준한 애호심을 자나 깨나 잊지 못하였기 때문이다. 그의 눈은 빨개졌다.

"어서 준비들 하게!"

선생은 봉준을 쳐다보았다.

"내가 무슨 권리로 자네들을 관리하겠나마는…… 알다시피 돌아가신 자네들 어머님의 피 나는 유언을 잊지 않았음일세."

선생은 주먹으로 눈가를 훔쳤다. 옥은 가슴이 찌르르 저리었다. 그러나 그는 속으로 이렇게 위로했다. '어머님의 딸은 나다! 어머님께서 생전에 실행치 못한 것을 나는 실행할 것이다!' 그는 적이 안심되었다.

"어서 가세. 짐들 다 싸게."

"선생님, 저는 못 가겠습니다."

선생은 와락 성이 치받쳤다. 그리하여 눈을 홀떡 뒤집고,

"뭐라구! 한 마디만 더 해 보게! 그래, 그것이 자네 입으로 나올 말인가? 저 하늘이 무서워서라도 어찌 그런 말을 하나? 아무리 마음이 변했다 해두, 죽은 사람은 죽었다 해두, 자네들을 위해서 애쓴 이놈만은 하늘이 알아볼 터이지, 이놈만은!"

자기의 가슴 복판을 가리켰다. 옥은 전신이 오싹해지며 그 널따란 가슴을 보았다. 확실히 선생은 둘도 없는 은인이었다. 하나, 둘, 셋, 넷을 선생에게 배우고 이때까지 무사히 자란 것도 선생이 애쓴 보람이었다.

그러나 한두 사람을 돌아보아 스스로의 젊음을 마냥 썩히고 싶지는 않았다. 그 무엇보다도 젊음을 무가치하게 희생당하고 싶지는 않았던 것이다.

옥은 눈을 착 내리감고,

"선생님! 잊지 못합니다. 결단코 잊지 못하겠습니다. 그럴수록 좀 더 큰 용기를 얻어 앞으로 나가게 되는 것입니다. 이것이 선생님을 잊지 못하는 증거입니다!"

"듣기 싫어! 자네 수작은 하나 들어 볼 건더기가 없네. 소위 배웠다는 것한테 나오는 말이 그 뽄샌가? 내려가!"

선생은 옥의 손을 잡아끌었다.

"자네는 짐 다 싸 가지고 뒤에 오게!"

이 꼴을 본 봉준은 선생의 두 손을 꽉 잡았다. 돌아선 옥의 마음을 다시는 돌리지 못할 것으로 알았던 것이다.

"내버려 두시오."

"어서 가우! 축복합니다."

옥은 새하얗게 질렸다.

"선생님! 저는 가겠습니다."

겨우 내치고 그는 발길을 옮겼다.

선생은 봉준을 밀치려 했으나 힘이 달리었다.

"옥아! 옥아!"

눈물 섞여 나오는 인자한 목소리였다. 옥은 어려서부터 귀에
익은 그 음성에 발길이 무거워졌다.